Rudolf Gödde

Wildschütz Klostermann

Ein westfälischer Wilddieb-Roman
von 1935 aus dem Diemeltal

Rudolf Gödde

Wildschütz Klostermann

Ein westfälischer Wilddieb-Roman
von 1935 aus dem Diemeltal

Neu ediert als ergänzender Quellenband
zum Buch: „Hermann Klostermann.
Der populärste Wilddieb Westfalens und
sein Fortleben in literarischen Mythen"

edition *leutekirche sauerland* 13

Umschlagmotiv: Hermann Klostermann (re, Darsteller
Julian Jakobsmeyer) und sein Oesdorfer Wilderergefährte
Johann Lohoff (Darsteller Michael Vockel-Böhner);
Szenenbild aus dem Dokumentarfilm „JÄGER und GEJAGTER"
von Peter Schanz (2018); Foto: Dave Lubek.
Die 2 Abbildungen aus dieser Produktion erfolgen mit
freundlicher Genehmigung von Peter & Anke Schanz
(www.blautann-film.de).

Alle Illustrationen im Innenteil des Buches sind entnommen
dem Jahrgang XVI „Der Weidmann" (1884/85)
und entsprechen nicht der Originalausgabe.

© 2018

Rudolf Gödde:
Wildschütz Klostermann.
Ein westfälischer Wilddieb-Roman
von 1935 aus dem Diemeltal.

edition *leutekirche sauerland* 13

Satz & Gestaltung: www.friedensbilder.de
Herstellung & Verlag: BoD – Books on Demand, Norderstedt
ISBN: 978-3-7528-4262-3

Inhalt

Die mehrbändige Buchreihe
über Wilddiebe und Waldkonflikte:

Peter Bürger (Hg.)
Krieg im Wald.
Forstfrevel, Wilddiebe und tödliche Konflikte
in Südwestfalen
ISBN: 978-3-7460-1911-6

Peter Bürger
Hermann Klostermann.
Der populärste Wilddieb Westfalens
und sein Fortleben in literarischen Mythen
ISBN: 978-3-7448-5055-1

Rudolf Gödde:
Wildschütz Klostermann.
Ein westfälischer Wilddieb-Roman
von 1935 aus dem Diemeltal
ISBN: 978-3-7528-4262-3

Hans-Dieter Hibbeln, Peter Bürger (Hg.):
Klostermanns Revier.
Dokumente zur Wilderei in Westfalen
(Arbeitstitel: in Vorbereitung für 2018)

edition *leutekirche sauerland*

Vorwort zur Neuedition
dieses „Heimatromans" von 1935

Hermann Klostermann (geb. 28. März 1839 in Retzin) hat sich vor anderthalb Jahrhunderten im Eggegebirge, Sauerland und Waldeckischen wie zahlreiche andere Bewohner als Wilddieb betätigt.[1] Für die preußischen Behörden war er einfach ein Krimineller. Nicht wenige Zeitgenossen, vor allem in ärmeren Schichten, bewunderten ihn hingegen als faszinierende Identifikationsfigur. Auf unerklärliche Weise, so hieß es bei den Leuten, konnte der „Wildschütz" immer wieder seinen Verfolgern und sogar dem Militär entkommen. Frühe Konflikte mit Gesetzeshütern und der große Paderborner Prozess des Jahres 1868 taten der Mythenbildung keinen Abbruch.

Vor allem literarische Werke begründeten den außergewöhnlichen Platz des Hermann Klostermann im regionalen Geschichtsgedächtnis. Schon zu Lebzeiten erschienen zu ihm ein „kriminalistischer Sachtext" in der Pitaval-Reihe[2] (1869) und ein populär gehaltener „Krimi" (1872) von Jodocus Donatus Hubertus Temme (1798-1881).[3] Diese beiden grundlegenden Bücher werden im Hauptband „Hermann Klostermann – Der populärste Wilddieb Westfalens und sein Fortleben in literarischen Mythen" untersucht, dort gleichzeitig aber auch in Form von ungekürzten Texteditionen dokumentiert.[4]

Mehr als ein halbes Jahrhundert nach Temmes Buch erschien wieder ein Klostermann-Roman, dessen Text hier als ergänzender

---

[1] Vgl. zur Biographie: Bürger, Peter: Hermann Klostermann. Der populärste Wilddieb Westfalens und sein Fortleben in literarischen Mythen. Norderstedt: BoD 2018. [= BÜRGER 2018]
[2] [Weingärtner, Joseph:] Der Wildschütz Klostermann (Westfalen). 1867 und 1868. In: Der Neue Pitaval. Eine Sammlung der interessantesten Criminalgeschichten aller Länder aus älterer und neuerer Zeit. Begründet von Dr. J.E. Hitzig und Dr. W. Häring [Willibald Alexis]. Fortgesetzt von Dr. A. Vollert. Neue Serie. Vierter Band. Leipzig: F.A. Brockhaus 1869, S. 356-386.
[3] Temme, J[odocus] D[onatus] H[ubertus]: Wildschütz Klostermann, ein neuer Rinaldo. In: Criminal-Bibliothek. Begründet von J.D.H. Temme. Eisenbahn-Ausgabe. Erster Band. Berlin: Julius Imme's Verlag [1872], S. 60-108. – Zweite Auflage: Temme, J. D. H.: Wildschütz Klostermann. Kriminal-Roman. Weißensee: Verlag E. Bartels [1905], S. 3-62.
[4] BÜRGER 2018, S. 26-46 und 267-360.

Quellenband ebenfalls ohne Kürzungen neu ediert wird.[5] Verfasser war diesmal der Marsberger Rudolf Gödde (1903-1980), der sich – u.a. in Verbindung mit Propst Ludwig Hagemann – in Sachen Heimatgeschichte engagierte. Er war am Ort als Steuerberater u.a. tätig für die Druckerei Boxberger, die bis 1935 die „Marsberger Illustrierte Woche" und anschließend bis 1942 den „Diemeltalboten" unter der Hauptredaktion von Josef Hennecke herausgab.

Zunächst veröffentlichte Gödde seine 25 Wildschütz-Kapitel zwischen dem 4. Mai und dem 15. September 1935 wöchentlich im „Diemeltalboten", dann brachte die Druckerei des Blattes mit einer Ankündigung vom 25.9.1935 sein Buch „Wildschütz Klostermann" auf den Markt.

Zur Einordnung des „Heimatromans aus dem Diemeltal" liegt bereits meine Darstellung im „Hauptband" vor, auf die ich nachdrücklich verweise.[6] Dort wird erhellt, warum das weitgehend auf älteren Sach- und Erzähltexten basierende *fiktionale* Werk von Rudolf Gödde nicht zur Rekonstruktion historischer Sachverhalte herangezogen werden kann und in welcher Hinsicht es sich – trotz aller Tribute an den „Zeitgeschmack" der 1930er Jahre – von einem wenig später vermarkteten Buch mit gleichem Titel[7] wohltuend unterscheidet.

Peter Bürger

[5] Rita Gödde (Marsberg) hat freundlicherweise dem hier vorliegenden Neudruck der Veröffentlichung ihres Vaters zugestimmt. Textgrundlage: Gödde, Rudolf: Wildschütz Klostermann. Heimatroman aus dem Diemeltale. Niedermarsberg: Verlag des Diemeltalboten 1935. [Gesetzt in Fraktur; Kopie im Stadtarchiv Marsberg.] [Im Niedermarsberger Verlag Heinr. Boxberger ist zumindest noch eine 2. Auflage ohne Frakturschrift erschienen, deren Erscheinungsjahr (1937?) ich jedoch nicht ermitteln konnte; Exemplare: Rita Gödde, Marsberg; Stadtarchiv Marsberg.] – Letzte Neuauflage vor dieser hier dargebotenen Edition: Gödde, Rudolf: Wildschütz Klostermann. Heimatroman aus dem Diemeltale. Die einzige vollständige und wahrheitsgetreue Schilderung von Klostermann Wildererlaufbahn. Hg. Familie Ostmann, Golfstübchen – Herbram-Wald. Lichtenau: Selbstverlag 2004.
[6] BÜRGER 2018, S. 47-56.
[7] Ruf, Thomas [= Georg Servais]: Wildschütz Klostermann. Ein Wildererleben. Erstauflage. Paderborn: Th. Thiele [1938]. – Dazu: BÜRGER 2018, S. 57-78.

Rudolf Gödde

Wildschütz Klostermann

Heimatroman
aus dem Diemeltale
(1935)

1.
WALDRAUSCH

Es ist die Zeit der langen, lichten Tage, wo das Korn in die Halme schießt, wo in den Gärten schwere Wolken von Fliederduft liegen, und wo der alte Kastanienbaum hundert Freudenkerzen aufsteckt, als gelte es, Hochzeit zu feiern.

Hörst Du die wilden Tauben locken aus dem Walde? Weiches dunkles Gurren füllt die Abendstille mit süßer Zärtlichkeit und wiegt die Seele in wohlige Träume. Langsam, wie unbewußt, schreitet der Fuß über den Wiesenteppich, über den schimmernden Sternhimmel von tausend und abertausend Maßliebchen. Das Denken ist eingeschlummert, aber alle Sinne saugen das wonnige Leben ein, das in vollen Strömen durch die Welt flutet. Und immer locken die wilden Tauben aus dem Walde.

Da öffnen sich die grünen Pforten in die dämmernde Einsamkeit. Kein Zweiglein rührt sich, kein Blättlein flüstert, wie verzaubert stehen die hohen Wipfel im letzten Abendschimmer, und die weißen Dolden warten regungslos am Wege mit ihren runden blassen Gesichtern. Ein roter Goldstrahl läuft klingend durch die grauen Stämme und springt flirrend von Ast zu Ast, als suche er etwas. Es liegt wie ein Geheimnis, wie ein wunderbar glückseliges Geheimnis im tiefen Grunde, wohin das Rufen der Tauben lockt. Man kann nicht anders, man muß folgen, das Herz drängt mit heißen Schlägen.

Leben, Leben, quellendes, schwellendes, überwallendes Leben wirkt und webt und wogt in Verschwendung, man fühlt sich hineingezogen in den jauchzenden Strom, wie aufgelöst und hingegeben, gleich einer Welle, die sich spielend auf und nieder wiegt. Und immer locken die wilden Tauben aus dem Talgrunde.

Wie der Wald atmet! Er atmet lauter Kraft und Leben, lauter Jugend und Wonne und tiefe, tiefe Seelenstille. Sein Atem berauscht die Sinne, doch nicht mit dumpfer Stumpfheit, sondern mit prickelndem, vibrierenden Leben.

Mitten in dem Waldesdom, sieh, da springt er über das dürre Laub, der kleine, flinke Bursche mit dem fuchsigen Rock [/2/] und dem buschigen Schweif. In weichen Wellenlinien schwebt der schlanke Körper dahin, fast als wenn er flöge, und leuchtet im rotbraunen Samtpelze auf, wenn die Sonne ihn trifft. Nun fährt er an dem Baume hinauf, wie ein aufwärts zuckender Blitz, und verschwindet hinter dem Stamm. Oben lugt das Köpfchen mit den pfiffigen Ohrbüscheln hervor und schaut einen Mann an mit seinen schwarzglitzernden Äuglein. Und höher schaut er an der anderen Seite hinter dem Stamme her, und schon ist er wieder verschwunden. Hei, da reitet er lustig durch die Zweige und setzt mit kühnem Sprunge in den Nachbarbaum über und schnalzt dazu vor Lust. Er fürchtet sich nicht, er sieht gleich, daß dies große zweibeinige Untier unten auf dem Waldpfade harmlos ist.

Sei ganz getrost, liebes Brüderchen Eichkatz, der Mann da unten tut dir nichts zuleide. Wenn du ihm auch all die reifen Nüsse wegholst. Es sei dir gerne gegönnt, trage deine Vorratskammern, die geräumigen Nester oben in den Wipfeln, nur ganz voll, denn der böse Winter ist ein karger Mann und hält die harte Hand geschlossen. Bucheckern gibt es auch viele in diesem Jahre, und wenn sie auch nicht gar so lecker munden, wie die süßen Haselnüsse, so sind sie doch immer noch besser als Tannenzapfen und Eicheln und bringen Abwechselung in deinen Küchenzettel.

Nein, der Mann da unten tut dir nichts, er sieht viel zu gerne deine possierlichen Sprünge und die Schelmenstreiche, aber wenn dein Nachbar Marder kommt, dann gibt es eine böse Jagd durch die raschelnden Wipfel, eine Jagd auf Leben und Tod.

Und dem muß der Garaus geblasen werden. Der Mann schreitet ein paar hundert Meter weiter. „Ich will doch gleich nachsehen, ob die Knüppelfalle noch funktioniert, die der alte Förster drüben für den Marder aufgestellt hat", murmelt er so für sich hin. Der brave alte Knasterbart hat seine kunstlose Falle, wie sie seine Urahnen schon gebaut haben, recht schlau gerichtet, sodaß sie den schmalen, glatten Pfad, den der Marder gern benutzt, vollständig versperrt und doch so aussieht, als habe man einen Haufen Knüppel achtlos hingeworfen. Er hat auch von beiden Seiten her ein dichtes Geflecht gemacht, das weit ausladend zum Eingange der Falle hinleitet. Ein anderes Tier würde freilich über die Knüppel wegspringen, aber der verschlagene Marder liebt die Schlupflöcher und meint, es sei viel gescheiter, durch dunkle Höhlungen [/3/] zu kriechen, wo man nicht gesehen wird, als frei obenher zu klettern.

Du Eichkatz, wenn du es demnächst in einer stillen, dämmernden Abendstunde drunten poltern hörst, dann magst du oben im Wipfel einen Freudentanz aufführen, denn dann liegt dein Todfeind erschlagen unter den zusammengefallenen Knüppeln. Sei dem Förster dankbar und zernage ihm nicht die jungen Tannenspitzen auf der Lichtung drüben, das sage ich dir.

Klingende Fittiche sausen über den einsamen Mann hin, der von der Marderfalle weiterschreitet. Ein Täuber fußt zwanzig Meter vor ihm auf der Fichte. Vorsichtig äugt er umher, daß der rosenrote Schnabel in der Sonne leuchtet. Man sieht die hellgelben Augen, die weiße, goldgrün und kupferig gesäumte Halsbinde, die graurote Brust, die roten Füße. Er schüttelt sein Gefieder, plustert sich auf, zupft hier und da an seinem blaugrauen Kleide herum, spreizt die Flügel und sitzt dann still, an der Sonne sich labend.

Dann ruft er. Erst ein tiefes, kurzes Heulen, dann der volle Ruf, zuletzt ein dumpfes Schnurren kommt aus der geblähten Brust. Wild äugt er um sich, wie der Mann da unten sein Knurren nachmacht, und er flattert näher. Aber dann stiebt er plötzlich weiter.

Der einsame Mensch auf den Waldespfaden schreitet weiter. Wie Strebepfeiler einer Kirche stehen die rotgrauen Stämme da. Gebrochen, wie durch bleigefaßte, kleine Scheiben fällt das Licht durch das dichte Nadelwerk, das Gesumme der Hummeln klingt darein wie Gebetgemurmel und das leichte Brausen des Windes wie Orgelton.

Des Täubers dumpfer Ruf aber reißt den Mann aus der Stimmung heraus. Zehn lange Sätze bringen ihn dem Tauber näher, der sich auf dem höchsten Fichtenwipfel postiert hat und vom Winde hin und her wiegen läßt. – Lange muß er warten, bis er wieder ruft. Vielleicht, daß er seinen zweibeinigen Späher eräugt hat, der in das verworrene Gedämmer der rotbraunen, toten Fichtenzweige um sich blickt, in denen unzählige Spinnengewebe, vom Winde bewegt, wie silberne und goldene Fäden blitzen. Ungeduld kribbelt ihm unter dem Hut.

Endlich, nach langer Pause, ruft er wieder. Und, bei jedem Ruf schleicht er sich zehn Schritt näher, bis er, immer leiser schleichend, unter ihm ist. Aber nun kann er ihn [/4/] nicht sehen. Er verrenkt sich fast den Hals. Nach vorsichtigem, lautlosem Herumschleichen um die Fichte hat er freie Sicht zum Wipfel. Aber den Täuber sieht er nicht. Einen Schritt nach links, einen zurück aber er bleibt unsichtbar.

Der Sturm endlich zeigt ihm den lauten Rufer. Er biegt einen Zweig zurück, und er sieht ihn hoch oben. Schon will er das Gewehr an den Kopf ziehen, da flattert er weiter und ruft auf einer Fuhre weiter, wieder unsichtbar für den Späher. Lange dauert es, ehe er die zwanzig Schritt hinter sich hat. Erst ist der große, dürre Ast im Wege, dann der sumpfige Graben, dann das Fallholz am Boden, dann die vielen Zapfen, dann die Fichtenzweige, bis er unter der Fuhre steht, naß von Schweiß. Aber zu Gesicht kommt ihm der Täuber nicht, und er steht da und wartet, steif wie ein Stock und stumm wie ein Stein.

Ein anderer Täuber schwingt sich auf einen freien Ast und ruckst und knurrt. Leicht holt er den herab, aber daran liegt ihm nichts. Was einem in den Schoß fällt, darüber kann man sich nicht freuen. So ist er froh, wie dieser zweite Täuber wieder abstiebt und er seinen Täuber, den er nun schon einige Stunden verfolgt, wieder hört.

Zehn Schritt muß er wieder zurück, bis er zu sehen ist. Aber drei dicke, goldene Äste decken ihn. Nur Kopf und Stoß ist frei. So wartet er, bis er sich umstellt und, die breite Brust zeigend, wieder ruft. Da hebt er das Gewehr, aber ehe er es an der Backe hat, bricht der Täuber den Ruf jäh ab und klappert fort, über eine Blöße nach den dichten Fichten. Da ruft er weiter. Rechts ruft ein Täuber, links knurrt ein anderer. Vorne heult ein dritter, ein vierter weiter hinten. Aber der Schütze will den einen haben, nur den einen und weiter keinen. So geht es wieder heraus über die Lichtung in die dicken Fichten in langsamer, viertelstündiger Arbeit, bis er endlich wieder bei ihm ist. Aber noch lange, bange Minuten muß er warten, noch manchen Schritt voran tun, noch manchen zurück machen, viele Zweige vorsichtig vermeiden, vielem Fallholz aus dem Wege gehen, ehe er unter der Fichte ist. Und dann vernimmt er ihn wieder nur und kann ihn nicht vor die Augen bekommen.

Zuletzt glückt auch das. Aber schwer ist es, durch das starre Ast-
gewirr Laufmündung und Ziel zusammenzubringen, aber es geht
am Ende doch. Und dann knallt es, wie ein [/5/] Stein schlägt der
Täuber vor den Schützen hin, und eine weiße Federwolke schneit
durch den blauen Pulverdampf auf den strahlenden Wildschützen
nieder.

Hintern im Tann ruft noch ein Täuber, drüben noch zwei. Aber es
reizt ihn keiner mehr. Auf der Blöße legt er sich nieder, den toten
Vogel neben sich. Auf zwanzig Schritt vor ihm läßt sich ein Tauben-
paar auf der Fichte nieder. Er sieht ihnen zu, ohne die Hand nach
dem Kolben zu zucken.

Dieser eine sollte es sein, dieser eine allein.

[/6/]

2.
DAS REVIER

Stiller und einsamer als sonst wo ist es in dem Grenzgebiet des Paderborner, Warburger, Waldecker, Niedermarsberger, Briloner Landes. Wenn man vom Paderborn'schen aus bis ins Waldeck'sche hinein die Strecken berechnen will, die als dichter Wald bezeichnet werden können, mögen es an die 100.000 Morgen sein, in denen sich die Kinder des Waldes herumtummeln. Da gibt es die schönen dichten Waldstrecken, die sich zwischen Paderborn und Brilon hinziehen, und von da zur Waldeck'schen Grenze laufen, dann über die Grenze sich nach Warburg verbreiten – und wieder zurückgehen ins Westfälische.

In diesen schier unermäßlichen Waldungen gibt es Ebenen und Berge, Felsen und Kuppen, dicht mit kraftvollen Bäumen bestanden. Und in diesem schönen hell- und dunkelgrün umzogenen Waldkreise murmeln die Waldbäche, die sich durch das immer frische, immer feuchte Moos winden. Gegen die Strahlen der Sonne sind diese Bäche durch das dichte Blätterdach geschützt, das die Eichen, Buchen und Erlen über die braune Erde hinwölben. Im Grunde unten rauscht die Diemel. Erlen, Weiden und Haselsträucher säumen ihren Wiesenpfad.

Zuweilen tritt man aus dem Walde in eine mächtige, weitgestreckte Lichtung, dann merkt man erst, daß ein Felskegel sich aus dem Grunde hebt, daß man von dessen Spitze aus sehr weit ins Tal blicken kann auf all die Dörfer tief unten, in deren Gassen und Winkel Menschen schreiten oder stehen. Ein andermal ist es ein Hügel, auf dessen Kuppe eine mächtige Eiche ihre Riesenarme wie ein Schirm nach allen Seiten hin spannt. Von dem Gipfel dieses uralten Eichstammes aus kann man ebensogut ins weite Land schauen, als wäre man auf einem Aussichtsturm.

Da sieht man denen ins Westfälische und Waldeckische hinein, sieht die Orpe rieseln durch das Wiesental; das den großen und kleinen Mühlenberg voneinander trennt und Zimmermannsgrund benannt ist. Gegen Westheim zu steigt der Wormsberg auf, deutlich sieht man die Jägerpfade, die sich [/7/] durch den dunklen Forst wie Lichtstreifen ziehen. Man sieht die breiten Wege von Blankenrode nach Hardehausen, der einstmals so berühmten Abtei, da liegt der Distrikt Mittenwalde mit seinem romantischen Häuschen. Da liegen die Orte Westheim und Oesdorf und weiter westwärts geht's nach Stadtberge [*Marsberg*]. Und schaut man ins Waldeck'sche, so gewahrt man zunächst ein ungeheures, grünes Laubmeer, das zwischen Rhoden und Helmighausen erscheint. Wieder ist es die Orpe, die durch das Grün der Waldung glitzert und blitzt, dem Zimmermannsgrunde gegenüber staut sie sich zu einem Wehre, dahinter liegt der Braunewald, zu dem über die Orpe die Denkelbrücke führt. Straßen zu den größeren Städten hin laufen zwar durch diese Wälder, aber im Ganzen ist es doch stiller und einsamer als sonst wo.

Manch düstern Winkel bergen hier die Wälder und manche trügerische Schlucht. Wie unheimliche Rätsel starren sie den Wanderer oder Waidmann an. Irgendwo in dem wilden Wald liegt die Nonnengrube. Vor alten Zeiten soll eine Kohlgrube dort gewesen sein. Zwei Köhler hausten hier der Überlieferung nach, weitab von den Menschen, in ihrer erbärmlichen Hütte. Wer waren sie? Woher kamen sie? Dunkel war ihre Vergangenheit. Ihr wildes Aussehen und ihr wüstes Gebaren verrieten einen ungeschlachten Sinn. Die Menschen flohen diese unheimlichen Gesellen, und diese Gesellen hinwiederum mieden die Menschen. Sie nährten sich von den Wurzeln und Kräutern des wilden Waldes. Nur dann und wann verließ einer der Beiden den Schlupfwinkel, um stundenweit entfernt von Bredelar etwas Brot zu holen. Ungehindert wuchsen in diesem Distrikt die wilden Triebe der Bäume und Sträucher und es hatte den Anschein, als ob man sich in einem Urwald befände.

Da geschah es eines Tages, so erzählt die Sage, daß sich zwei Nonnen aus dem Kloster Bredelar auf einem Bettelgang verirrten. Sie gerieten in den Wald und liefen lange, lange planlos umher, bergauf und bergab. Schon brach die Dämmerung herein, als sie sich mutlos auf einen Baumstamm setzten. Sie mochten nicht mehr suchen, nicht mehr reden, leise nur klirrte in ihren müden Händen der Rosenkranz. Da plötzlich – gewahrten sie Menschenstimmen ganz in der Nähe! Neue Hoffnung zog in ihre Herzen ein. Hastig strebten sie dem Orte zu, von woher die Laute kamen. Durch den wilden Wald hindurch erblickten sie den Meiler und [/8/] auch die beiden Köhler. Hilf, gütiger Himmel! Wie schrecklich die aussahen! Nein, denen wollten sie nicht ausgeliefert sein. Schnell wandten sie sich zur Flucht. Zu spät! Schon hatten die Unholde sie erspäht. Einen Augenblick staunten diese erstaunt die fremdartigen Wesen an. Dann kam ihre ganze vertierte Wildheit über sie. Sie setzten den fliehenden Nonnen nach, holten sie ein, schleppten sie mit Gewalt zurück. – Als der bleiche Mond aufging, kohlten ihre armen Leiber in der Grube, und grinsend schürten mit langen Feuerhaken zwei Teufel die schwelende Glut. Ob die Untat gerächt ward, davon weiß die Sage nichts. Der Ort heißt aber noch jetzt „Nonnengrube". Düstere Fichten sind darauf gewachsen wie furchtbare Wächter, das grausige Geheimnis zu hüten.

Und um die Nonnengrube herum wüßte so manches Dickicht von manchem Jagdgeheimnis zu erzählen – doch gut, daß Bäume und Sträucher und Steine stumm sind.

Aus dem Dickicht des Waldes treten lauschend die Rehe. Sie netzen sich in den Wellen des klaren Baches. Grunzend stöbert die Bache in dem Stangenholze mit dem breiten Rüssel. Im dunklen Talgrunde schreit der Hirsch. Der Birkhahn balzt in der Ferne, und von der Felsenkuppe erhebt sich der Bussard in die Lüfte. Das kleine Getier hüpft munter von Zweig zu Zweig, sicher und froh, nur gestört durch das Hämmern des Holzspechtes, der in spiralförmigen Windungen den Stamm umkreist, das träge Gewürm herausklopfend.

Die tiefe Stille unterbricht nur jenes Hämmern des Vogels – oder der Laut, den ein Tier aus der Ferne her sendet, oder der helle Klang einer Holzaxt, die die Baumfäller brauchen.

Da knallt es plötzlich. Das Echo antwortet zwei-, dreimal. Eine Dampfwolke steigt aus dem Gebüsche auf. Kreischend fahren die Vögel in die Lüfte. Aus dem Holze bricht ein Reh – noch eine schwache Bewegung, dann – bricht es – zusammen. In den nächsten Minuten bleibt alles still – einsam. Nur das verendende Tier läßt sein Röcheln vernehmen. Da knackt und knistert es wieder in den Zweigen. [/9/]

3.
DER WILDSCHÜTZ

Eine kraftvolle Mannesgestalt wird sichtbar. Ueber 5 Fuß hoch ist der Mann. Alle seine Glieder sind im schönsten Ebenmaß gebaut. Hellblondes Haar fällt in natürlichen Locken von dem gut geformten Schädel nieder über den nervigen Nacken, ein heller Bart ziert das Kinn. Des Mannes Antlitz ist regelmäßig, fast edel gebildet. Zwei schöne Augen beleben das Gesicht. Zwei Augen blitzen darin, wie man sie sich zu einem Jäger nur wünschen mag, Augen, die, wie der Volksmund sagt, gewissermaßen „durch ein Brett sehen können". Wenn der Meisterschütze Tell wirklich gelebt und Schüsse, wie den zu Altdorf getan hat, – dann muß er solche Augen gehabt haben, wie dieser Mann da hinten im Gebüsch, – dieser Mann da mit dem grauen Jagdrocke, der Kappe auf dem Haar, den schwarzen Ledergamaschen an den Füßen, der vor dem toten Rehbock steht. Gerade durchschneidet er die Flecksen an den Hinterläufen, schiebt den rechten Hinterlauf durch die am linken Lauf gemachte Oeffnung, wirft mit einem kurzen Ruck die Last auf seine Schulter, als wäre der Rehbock nur ein leichter Hase und – verschwindet dann im Dickicht. Kaum hat ihn das geheimnisvolle Dunkel des Waldes aufgenommen da tauchen – just an der Stelle gegenüber, wo der Rehbock fiel, zwei Männer in der Lichtung auf. Hastig sind sie, abgehetzt. Schnell mustern sie die Gegend. „Da hinein ist er," ruft der eine der Beiden im Uniformrock und der Förstermütze und zeigt auf die Stelle, wo eben der stattliche Mann mit dem Rehbock verschwand. „Schnell nach!" Beide eilen in das Dickicht, suchen, schauen, aber nirgends ist etwas von dem Wildschütz mit seiner Beute zu sehen. Der Schütze ist verschwunden. „Weiß der Teufel – das geht nicht mit rechten Dingen zu!" knurrt der eine Forstmann. „Man muß sich wahrlich bald hier fürchten" brummt der andere Förster. „Der Bursche ist sicher mit dem Teufel im Bunde! Sonst könnte er uns gewiß nicht so gerade vor den Augen entwischen." „Man sagt das hier schon lange, der Wildschütze habe einen Pakt [/10/] mit dem Teufel geschlossen. Die

Leute meinen auch, er könne so allerlei Künste", brummte der Kamerad in seinen Bart. „Volk und Wildschütz sind gute Freunde!" zürnt der ältere Forstmann. – „Doch was hilft all das Stöhnen und Mutmaßen und Überlegen: Wir haben ihn mal wieder nicht. Sieben Mal hat der Kerl nun schon vor Gericht gestanden, monatelang gesessen, Geldstrafen gezahlt – aber alles hilft nichts. Kaum ist er wieder hier, dann schießt er uns das Wild gerade vor der Nase weg. Da – da ist der Schweiß!" Der junge Förster weist auf die Blutlache am Boden hin. Zweifellos stammt sie aus dem Schußloche des Rehbockes, den der verschwundene Schütze soeben getötet hatte.

Wo mag der Schütze sein? Im nächstliegenden Gehölz? Die Förster suchen es ab. Nirgends ist eine Spur von dem kecken Burschen zu finden. Im wilden Forst? Sie machen einen Patrouillengang hinein. Sie finden nichts.

Aber durch Gehölz gedeckt, schleicht kaum zehn Schritt vor ihnen her der Mann, den sie suchen, der Wildschütz. Seine hellen Augen schauen aufmerksam nach seinen Verfolgern. Leicht trägt er und ohne Aufbietung besonderer Kraft den erlegten Rehbock. Seine Rechte hält die gespannte Büchse krampfhaft umschlossen. Vielleicht, – vielleicht – nur wenige Schritte weiter und – die Förster stehen ihm gegenüber. Dann wird es einen Kampf geben, zwei gegen einen, einen Kampf auf Leben und Tod.

Doch der Wildschütz fürchtet ihn nicht; seine sichere Hand, sein scharfes Auge bürgen ihm für seinen Sieg.

Nur keine Sorge, Wildschütz! Ein Kampf mit deinen Verfolgern ist heute nicht zu besorgen. Die dich verfolgen, kennen den Wald und die Wege nicht so wie du. Sie sind noch nicht lange im Revier. Jeder Waldpfad ist dir doch bekannt! Jeder Weg und Steg in deinem großen Revier! Da unten am Felsenhang, wo der Weg zwischen Gestrüpp und halbvermodertem Holze, zwischen den Steinen, die das Moos überwuchert, zu verschwinden scheint, wo Holzsucher und Kräuterweiber nicht hinanklettern, weil sie glauben, der Pfad höre auf – da ist für dich immerhin noch ein guter, bequemer Weg und wenn du ihn verfolgst, kommst du ins Gestein und zwischen hindurch und – flugs bist du deinen Feinden verschwunden.

Ja, es ist eine Lust für ihn, einen solchen Streich auszuführen. [/11/] Und wie lockt der Wald ihn mit seiner Stille, mit seinen Lichtungen unter dem dichten Laubdache, mit seinen himmelragenden Buchen, dessen Blätter mit diesem Burschen im Bunde zu sein scheinen, denn sie regen sich kaum, wenn er unter ihnen dahinschreitet.

Ja, es ist seit Jahren eine Lust für ihn geworden, ein Bedürfnis, Pürschgänge zu machen. Seit Jahren knallt er die besten Stücke den Förstern fort … aus jenem inneren Drange heraus; der unerklärlich ist, der ihn in den Wald lockt, der ihn von allen bürgerlichen Geschäften losreißt, der ihn zum Wildschützen von Beruf werden läßt, womit er sein Leben fristet.

Seine Intelligenz, seine Kräfte sichern ihm im bürgerlichen Leben einen auskömmlichen Beruf. Hinter der Hobelbank, vor dem Amboß oder bei Maschinen in der Fabrik könnte der Mann den besten Verdienst haben. Doch er schlug alle derartigen Anerbieten leichtfertig aus, … nur um in tiefen Gründen um Westheim und Oesdorf und Blankenrode jagen zu können.

Mit unwiderstehlicher Gewalt zieht es ihn immer wieder, Jahr für Jahr in seinen Wald. Unaufhaltsam beschreitet er den verbotenen Weg, der selbst vor dem Verbrechen und schwerer Strafe nicht halt macht. Kein Hang als der zum Wildschützen, kein Verbrechen als das der Wilddieberei scheint des Menschen so schnell Herr zu werden. Wer einmal diese Wildschützen aus nächster Nähe betrachtet, sie näher kennen gelernt, ihre seltsamen Fahrten belauscht hat, der staunt ob ihres tollen Wagens. Für keinen Sünder paßt besser das alte Wort: „Verbotene Frucht schmeckt doppelt süß," als gerade für den Wilderer.

Ein solcher in bestem Format, mit allen Ränken und Listen, ist der, den die Förster suchen.
[/12/]

4.
IM DORFKRUG

Im Holschenkrug zu Wrexen geht's lustig her. Viel Volk trifft sich hier an der Straße zwischen Warburg und Stadtberge, wo Westfalen und Waldeck sich aneinanderschmiegen. Getreidebauern, Waldbauern, Händler und Handwerker kommen hier zusammen, Leute mit Gut und Geld.

Teils aus Westfalen, teils aus Waldeck treffen sie sich hier: aus dem Westfälischen von Oesdorf, Westheim, Hardehausen, Stadtberge oder Büren oder Warburg; auch aus dem angrenzenden Waldeckischen: aus Rhoden, Orpethal, Wrexen, Arolsen, Helmighausen. Was hier in der Gegend sich ereignet, wird schnell von einem Orte zum anderen, von einem Waldzipfel zum anderen getragen. Die Post verkehrt zwischen den meisten Ortschaften, und wenn es auch Waldecker und Westfalen, Leute verschiedenen Landes mit verschiedenen Sitten, weil Konfessionen, sind, so herrscht doch zwischen den einzelnen bodenständigen Bauern und Bürgern ein freund- und nachbarliches Verhältnis, das im geselligen Verkehr schöne Blüten treibt.

Im Holschenkrug zu Wrexen hat der dicke Schmied von Warburg schon einige zwanzig Mal mit seiner Faust hart auf den Tisch geschlagen. Er beteuert immer wieder mit lautem Lärm, daß er vollkommen zufrieden mit dem Handel sei – was ihm im übrigen kein Mensch bestritten hatte. Der Holzbauer aus Hardehausen streicht behaglich seinen struppigen Bart, nachdem er sich soeben Eisbein mit Sauerkraut hat gut schmecken lassen. Er hat sich nicht stören lassen bei seiner Mahlzeit durch all den Lärm, der um ihn in der niedrigen, qualmigen Wirtsstube herrscht. Es ist ja auch nachgerade recht einförmig, dieses ewige Hin- und Hererzählen vom guten Korn und kühlen Bier, vom Pferde- und Schafhandel, von der hohen Politik und den Gemeindefinanzen, von Hochzeiten und Kindtaufen und Verwandschaftsverhältnissen bis in 7. Grad.

Das Gespräch gefällt dem Holzbauern aus Hardehausen eben nicht. Er blickt ab und zu auf die Türe der Wirtsstube, bestellt sich seinen Korn, trommelt mit den Fingern [/13/] auf den weißgescheuerten Wirtstisch, zieht dann an seiner kurzen Pfeife und träumt so vor sich hin.

Da fliegt die Tür knarrend ins Schloß. Herein tritt ein rüstiger Mann. Der Sägemüller von Stadtberge ruft ihm scherzhaft zu: „Da kommt ja der Holzkarl aus Rhoden, dem gelobten Lande, er wird uns wohl was Neues bringen!" Der Holzkarl hieß eigentlich Karl Benecke und arbeitete mit seinem Bruder August in den Forsten zwischen Rhoden und Helmighausen.

Alle im Wirtshaus lachen hellauf. Der Holzbauer aus Hardehausen verzieht auch seine Mundwinkel zum Lachen, doch gemächlich, damit ihm nicht seine Pfeife aus dem Munde fiele, und das war sein Heiligtum seit vielen Jahren und schwer zu ersetzen. Alle lachen. Wie, kann ein Holzhauer, der von 30 Tagen im Monat 26 Tage im Walde einsam zubringt, viel Neuigkeiten mitbringen! Der Holzkarl indes läßt sich nicht stören, bestellt seinen Schnaps und sein Glas Bier, trinkt beides ruhig aus und wischt sich mit dem rauhen Kittelärmel den Mund.

„Na, lacht nur! Ich weiß denn doch was. Ich höre und sehe so allerlei im Walde und kann euch eine Neuigkeit erzählen. Hört zu! Der Klostermann ist im Waldeck'schen gewesen und hat dem Heinemann, dem Grünen, zwei Böcke vor der Nase weggeschossen – und als der ihm nun nach wollte, hat der Klostermann sein Gewehr angeschlagen und dem Förster bedeutet, ja stehen zu bleiben. Heinemann hat die Angst gekriegt und sich nicht gerührt. Denn der Wildschütz hat eine Doppelflinte gehabt. Wie er nun so da steht, dem Klostermann gegenüber, da ruft der Bursche: „Ich hab' zwei Kugeln in den Läufen – sieh Dich vor! Ich will Dir zeigen, was aus Dir und Deiner Sippe wird, wenn Ihr mir zu nahe kommt, schau mal hin auf die Birke am Kesselrande." – Das war ein Stämmchen von zwei Zoll im Durchmesser, aber recht weiß und deutlich zu sehen – na – Heinemann sah hin – er und der Klostermann standen auf 110 Schritt davon ab. „Sieh Dir den Stamm an, Heinemann!" rief der Wildschütz und – bumms fiel der Schuß und der kleine Birkenstamm zersplitter-

te in tausend Splitter. Klostermanns Kugel hatte gut getroffen, sie
war mitten durchgegangen. „So schießt man in Westfalen – sag's den
Waldeckern!" rief der Wildschütz. „Wer einen solchen Stamm auf
hundert Schritt und darüber trifft, [/14/] der kann auch einem Jäger
oder Waldläufer, wie Ihr seid, auf zweihundert Schritt das Lebens-
licht ausblasen." – Damit nahm Klostermann seine Böcke auf und
verschwand mit ihnen im Busch – Förster Heinemann aber blieb wie
angewurzelt stehen – es lief ihm eiskalt über den Rücken – der Gedanke kam ihm, wie es wohl um seine arme Seele stehen möchte,
wenn des Klostermanns Kugel in seinen Leib statt in den Birkenstamm gefahren wäre."

Der Holzkarl macht einen kräftigen Schluck aus seinem Glase.
„Das ist ein Donnerwetter von Kerl!" meint der dicke Schmied von
Warburg. – „Ja, es ist ein Mordbengel! Er kann mehr als Brot essen!
Er steht mit dem Teufel im Bunde!" schwirren die Stimmen in der
Wirtsstube durcheinander. „Er ist ein Verbrecher", fällt der Sägemüller ein. „Aber kann was mit dem Gewehre – freilich die Gerichte – –
„spricht ein anderer dazwischen. „Ach was – Gerichte!" ruft der
sonst so stille Holzbauer und schlägt auf den Tisch. „Na, ja, es ist
wahr, – es soll nicht sein, die Wilddieberei. Aber wie sieht's denn
anderswo aus, he? Wenn die wilden Sauen uns in die Gärten kommen und uns darin alles mit ihrem Rüssel durchwühlen, als ob ge-
pflügt worden wäre! Wenn die Rehe und Hirsche, die verdammten
Hasen in die Felder und Kohlbeete spazieren und an Kohl fressen,
was sie nur finden und verschlingen können! Wer fragt dann nach
unserm Schaden, he? – Wenn ein armer Teufel so von ungefähr sich
einen lumpigen Braten schießt, dann sind alle Förster und Läufer auf
den Beinen – dann wird ein Halloh gemacht! Wer ersetzt uns aber
die abgefressenen Pflanzen, he?" „Ja, ihr habt recht, Holzbauer",
stimmte der Hopfenkarl aus Oesdorf zu. Ich hab's bitter genug empfunden – die Schweine haben mir meinen ganzen Kram umgerodet,
sogar die Tulpen nicht geschont." – „Es ist schrecklich jetzt mit dem
Waldvieh!" bekräftigen zwei, drei andere. „Da muß man letztenen-
des Leuten; wie dem Wildschütz Klostermann, doch dankbar sein,
daß sie die Tiere da einfach wegschießen!" setzt der Holzbauer hin-
zu. „Sßt! Ruhe! Nicht solche Reden!" beschwichtigt der Krugwirt die
aufgeregten Gäste. „Das ist Rebellion!" – „Ach ich denke nicht an

Rebellion. Aber die Rehböcke, die Hasen – die ..." – „Stille, da kommt der Oberförster, laßt es jetzt genug sein."

Die Gäste im Holschenkrug zu Wrexen wenden sich um. „Guten Tag, ihr Herren!" grüßt der Oberförster von Wrede [/15/] aus Hardehausen bei Scherfede im Warburger Lande in die Stube hinein. Bekleidet mit einem grauen Jagdrocke, mit gesporten Stiefeln, hält er die Reitpeitsche in der Hand. „Guten Tag, Herr Oberförster" klingt es aus der Runde zurück. Er bestellt einen Trunk beim Krugwirt, wirft seine Reitpeitsche und Reitkappe auf den nächsten Tisch und beginnt mit den in seiner Nähe sitzenden aus Stadtberge stammenden Leuten ein Gespräch.

„Was man nicht alles erlebt!" ruft jetzt der Holzbauer am anderen Tische überlaut: „Sßt" machen die andern und halten den Zeigefinger an den Mund, um ihm zu bedeuten, er solle schweigen, da der Oberförster daneben sitzt. Aber der Holzbauer macht eine abwehrende Bewegung und sagt ziemlich barsch und laut: „He, warum denn? Ich brauch nicht stille zu sein, wenn von Wildschaden die Rede ist – ich darf doch sagen, daß mir meine Pflanzen abgefressen worden sind! Das Reden kann mir keiner verbieten. Das wäre ja noch schöner!"

Der Oberförster hat Verständnis für die Sorgen dieses Bauern und tut, als ob er nichts höre. Er unterhält sich mit seinen Tischnachbaren zwanglos weiter.

Und die Bauern spinnen das eben durch den Eintritt des Oberförsters unterbrochene Gespräch über den Wildschützen fort. Sie stören sich nicht an die Anwesenheit des beamteten Oberförsters, der doch Wald und Wild betreut und die Wildschützen verfolgt bis auf Leben und Tod. „Man muß dem Klostermann zu Dank verpflichtet sein – sag ich nochmal, daß er uns die Sauen und Rehe wegschießt!" ließ sich der Hopfenkarl von Oesdorf wieder vernehmen.

Doch das ist dem Beamten zu viel. Er springt auf. Er wendet sich um. Seine kraftvolle Gestalt, sein gebieterisches Aussehen wirkt sofort auf die meisten Gäste einschüchternd. Einige grobgeschlachte Bauernburschen jedoch, die auf ihre vollen Geldsäcke pochen, strecken die langen Beine unbekümmert und ungeängstigt unter die eichenen Tische langweg hin und stoßen in aller Seelenruhe dicke Dampfwolken aus ihren kurzen Pfeifen.

„Wißt Ihr, Karl, was Ihr da gesagt habt?" redet der Oberförster dem Hopfenkarl zu. Der brummt einige unverständliche Worte in seinen Bart. „Ihr habt einen Ausspruch getan, der Euch schwer in die Petersilie hageln kann. – Ihr nehmt ja offen Partei für einen Wilddieb, einen Verbrecher. [/16/] Ihr mögt Ursache haben, Euch für das Wegputzen des Wildes einzusetzen. – Ihr sollt aber so nicht reden, wenn ein Beamter des Waldes bei Euch ist."

Der Oberförster stopft nachlässig seine Pfeife mit dem am Rohre hängenden Stöpsel fest. Alle Gäste sind hochinteressiert an dem Zwiegespräch. Sie schauen sich gegenseitig an und blicken dann wie auf Kommando zu dem Oberförster und dem Hopfenkarl hinüber, der wieder etwas Unverständliches in den Bart murmelt und denkt: Was hat das für einen Sinn, mich hier zu streiten. Ich weiß doch, was ich will und was von Klostermann zu halten ist.

Der Holzbauer aus Hardehausen kann es jedoch nicht unterlassen, dem Oberförster seine Meinung über den Fall kundzutun. „Herr Oberförster," beginnt er, „es mag sein, daß Ihr nicht zufrieden seid mit dem, was hier gesprochen wurde – aber, ich sage es frei heraus, – der Klostermann gilt was bei den Leuten." – „Schlimm genug!" ruft der Oberförster unwillig. „Ich sag Euch, ein solcher Schlingel, der schon siebenmal oder noch öfter auf der Anklagebank gesessen und fast immer verurteilt worden ist, – mit diesem Schlingel wird es noch schlecht enden."

Doch damit sind die meisten Bauern und Bürger, die hier im Krug sitzen, nicht einverstanden ... „Ach, Ihr seht es zu schlimm an," reden vier, fünf, sechs auf den Oberförster ein. Und der Holzbauer fährt fort, den Wildschützen nach der guten Seite zu beleuchten: „Der Klostermann ist ein guter Kerl. Er schenkte vor vier Wochen einer armen Witwe in Oesdorf 15 Taler, fünfzehn blanke Taler." „Ja, so ist es!" ruft der dicke Schmied dazwischen. „Klostermann hilft armen Leuten und hat ein mitfühlend Herz. Da kommt neulich dem Hafenbinder Rust sein Töchterlein weinend den Waldweg nach Warburg gegangen. Da kommt Klostermann aus dem Holz und fragt sie nach dem Grund ihres Heulens. Und die Kleine bekennt ihm unter Schluchzen: Sie habe den Krug zerbrochen, den der Vater in Netzdraht binden sollte. Den Klostermann rührt die Angst des Kindes und – er zieht seine Geldbörse und schenkt dem Kinde einen blanken Taler." „Ja, er gibt an Arme, was er hat," ruft ein anderer dazwischen. „In Westheim, wo er wohnt, gibt er Geld und Ware an hilfsbedürftige Leute, die's ihm mit Gotteslohn danken", meint ein dritter.

„Zum Donnerwetter nochmal!" schlägt der Oberförster [/17/] Wrede zornig mit der Faust auf den Tisch, daß die Gläser auf dem Tische hüpfen und fast umfallen. „Wo hat der denn das Geld dazu her? - Doch nur vom Wilddieben, von nichts anderem! Einen redlichen Erwerb kennt der Bursche nicht. Er will auch nicht ehrlich sein Brot verdienen. Im Bergischen war er in der Fabrik. Keine vier Monate hat er es da ausgehalten – dann kam er wieder hierher, und es ging das Wilddieben los. Und die ganze Gegend weiß von seinen Taten. Aber das Gericht in Büren kennt ihn und das in Arolsen! – Was wollt Ihr mit einem solchen Burschen? He! Wartet nur, wir sind ihm auf der Fährte. Und dann wehe Dir, Wildschütz! Dann kriegst Du den Lohn für Deine Ruhmestaten!" Der Oberförster hat seine rechte Hand und drohend den Zeigefinger erhoben.

„Wenn Ihr ihn erst hättet!" spricht der Hopfenkarl fast höhnisch. Und alle in der Wirtsstube machen Gesichter, aus denen der Zweifel Hohn lacht. „Man soll nicht eher Hering rufen, als man ihn hat!" spottet der Sägemüller von Stadtberge. – „Herr Oberförster! Da hat uns der Holzkarl aus Hardehausen eben was erzählt. Beinahe hätte der Waldläufer, der Heinemann, den Klostermann gefangen, ha, ha!" lacht der dicke Schmied von Warburg.

Der Oberförster stutzt. Das muß er wissen. „Was ist denn geschehen, Benecke? Redet!" fährt er den Holzkarl erregt an. Der erzählt nun dem Oberförster in einer Stubenecke, was sich zwischen Rhoden und Helmighausen zwischen dem Wildschützen und Förster Heinemann zugetragen.

Die anderen Gäste haben daran kein Interesse mehr, machen einen letzten Schluck aus ihrem Bierglase, ziehen ihre Geldbörsen, zahlen ihre Groschen und verabschieden sich mit einem kräftigen Händedruck vom Krugwirt. Sie spannen ihre Pferde an oder nehmen ihren Knotenstock und ziehen fürbaß heimwärts, zu Frau und Kind.

Des Oberförsters Gesicht aber verfinstert sich zusehends bei der Erzählung des Holzkarl, und als der geendet, schimpft der Beamte auf den Holzarbeiter ein: „Zum Kuckuck noch mal, warum habt Ihr den Kerl nicht festgehalten?" Hat sich was mit Festhalten!" lacht der Holzkarl dazwischen, „Ihr habt ja gehört, wie der Klostermann schießen kann – und da wagt nicht jeder sein Leben!"

Der Oberförster sieht, daß die Leute bei all ihrer Gutmütigkeit, [/18/] die man dem Wildschützen zuerkennt, doch nicht als Gegner mit ihm zusammentreffen möchten. Er lenkt ein: „Wir haben den Burschen noch nicht auf frischer Tat ertappen können, aber verdächtig ist er uns schon lange ... und wir müssen ihn haben, den Wildschützen, und mag er mit dem Teufel- im Bunde stehen!" Er schlägt mit der Reitpeitsche auf den Ecktisch, daß es dröhnt. Der Wirt zuckt zusammen, und auch in des Holzkarls Gesicht zuckt es, wie wenn ein Blitz durch den Äther fährt. Ob das bloß Wetterleuchten ist?! Vielleicht auch zieht ein schweres Gewitter auf ...

[/19/]

5.
MITTELWALD

„Waldeinsamkeit! Du grünes Revier,
Wie liegt so weit die Welt von hier!"

So hätte Josef von Eichendorff auch von diesem Flecken Erde gesungen, wenn er ihn gekannt. Das romantische Forsthaus im Mittelwalde liegt ja weitab vom Getriebe der Welt. Zwischen Hardehausen, der alten Zisterzienser-Abtei, und der alten Burg Blankenrode, zwei kleinen Flecken, ist das Revier Mittelwald mit dem Forsthaus, zu sehen, ringsum von den unermeßlichen Wäldern umgeben, worin sich nur der Kenner zurechtfindet.

Wer mal nicht unter Menschen sein will, wen es drängt, ganz allein zu sein, ganz für sich, der wird sich solch einen stillen Waldwinkel wählen wie im Mittelwald. - Und wer muß nicht von Zeit zu Zeit allein sein mit sich selbst! Nur der oberflächliche Mensch, dem jede Tiefe fehlt, haßt die Einsamkeit, weil er, auf sich allein angewiesen, vor seiner eigenen Leere erschrickt. Aber auch nur der ganz große und starke Mensch könnte eine immerwährende Einsamkeit ertragen; wer nicht eine ungewöhnliche Seelenkraft besitzt, den wird sie erdrücken. Lebendig anregender Verkehr von Mensch zu Mensch, von Freund zu Freund, und dazwischen ruhige Sammlung, von Zeit zu Zeit ein stilles Sichbesinnen und Sichwiederfinden in der Einsamkeit, das ist es, was der Mensch braucht.

Im Forsthaus Mittelwalde leben vier Menschen diese Einsamkeit, Vater Dalchow, die Mutter, ein Bub und ein Mädel. Vater Dalchow, den Förster, hält tagsüber das traute Heim des Forsthauses nur wenig umfangen. Er muß draußen nach Wald und Wild sehen. Kaum, daß er im Kreise seiner Familie die Mahlzeiten einnimmt. Aber abends, dann sitzt er auf der Bank vor dem Hause sommertags oder in der behaglich mit Buchenscheiten durchwärmten Wohnstube mit den Geweihen im Winter mit seinen Lieben zusammen. Dann spielt er mit seinem Buben und seinem Mädel, bis den Kleinen der Sand-

34

mann die Augen schwer macht und sie sich zu seeligen Kinder-
nachtsträumen schlafen legen.

[/20/] Mutter Dalchow ist ihrem Manne eine liebende, sorgende
Gattin, den Kindern eine gute Mutter. Sie besorgt ihr Tagewerk, das
wenig Abwechslung in dieser Einsamkeit bietet, scheinbar mit einer
inneren Ruhe und Zufriedenheit und Genügsamkeit. Doch wer ihr
unbemerkt bei ihrem Werke zuschaut, dieser stillen Frau mit den
feinen, tiefen Gesichtszügen, dem wird dann und wann ein tiefer
Seufzer nicht entgehen, der sich von ihren Lippen ringt; der wird
gewahren, daß die stattliche Frau ab und zu in ihrer Arbeit innehält,
mit sehnenden Augen in die Ferne schaut, als erwarte sie jemanden,
der ihr nahe steht. Zuweilen überrascht sie der Bub oder das Mädel
bei ihren Träumen, doch deutet sie den Kleinen nicht den Grund,
wenngleich diese schon oft flehentlich darum baten. Und dann rüttelt sich die Frau wieder auf zu fröhlichem Schaffen an dem kernigen
Kinderlachen dieser Zwei, die ihrem einsamen Leben hier Sinn und
Inhalt geben und wie ein nie verschwindender Sonnenstrahl ihr Da-
sein mit Liebe und Freude durchfluten.

Und wie nötig hat sie diese Freude gerade heute Nachmittag!
Förster Dalchow hat heute Morgen und das wollte er den ganzen
Tag und auch die Nacht tun – geschrieben, Holzlisten geschrieben
und aufgerechnet. Er hat es sich dabei gemütlich gemacht, die lange
Pfeife angesteckt, die Hauspantoffeln angezogen. Die Kinder sind
zeitig zur Schule gegangen. Ungestört konnte er sich mit den Tabel-
len beschäftigen. Seine liebe Gattin hat ihm draußen unter der hohen
Eiche das Frühstück serviert. Er läßt sich die Wurst vom selbstge-
schlachteten Schwein und die Butter und das Graubrot, in dem
Hausbackofen gebacken, gut schmecken. Doch gerade hat er mit der
Gabel den zweiten Bissen zum Munde führen wollen, da krachte ein
Schuß – und die Gabel und der Bissen fliegen ihm aus der Hand, von
einer Kugel meisterlich getroffen, Bleich wie der Kalk an seinem
nebenan stehenden Stall ist Förster Dalchow geworden. Der Appetit
ist ihm vergangen. Sein scharfes Jägerauge sieht den Schützen hinter
den jungen Eschen im Dickicht verschwinden. Vater Dalchow weiß
nur zu gut, wer der Meisterschütze war, und der ist es, dessen Anblick mit einemmal Furchen über sein wetterhartes Antlitz zieht,
tiefe Furchen des Ärgers und Verdrusses. Den Schuß hat Frau Dal-

chow im Hause gehört, verstört eilt sie nach draußen und setzt sich
an die Seite ihres Gatten, nachdem sie ihn sorgend abgetastet, ob ihm
die Kugel auch Schaden zugefügt hat. Und an der Brust des Mannes
[/21/] hat sie dann laut aufgeschluchzt und all das Leid, das sie seit
Jahren verkapselt in sich getragen, ist dann aufgebrochen. Nur weinen muß sie, lange weinen, und zwischen ihrem Schluchzen hört der
Förster nur den Sohnesnamen … Hermann. Der hat ihr die blonden
Haare gestreichelt, sie zu beruhigen versucht. Doch hat er nur zu gut
gewußt, daß seine Gattin nicht mit Worten getröstet werden konnte
und am besten sich selbst überlassen blieb.

Förster Dalchow ist dann still aufgestanden, hat seine schweren
Waldschuhe angezogen, seine Flinte hervorgeholt und, das Herz voll
Ärger und Verdruß, in den Wald gegangen.

Aufregung hatte seine Ruhe getrübt, Ärger und Verdruß hatte
den Bodensatz aufgewühlt. Es gibt eben Dinge, die man mit sich
ganz allein ausmachen muß, Stunden, in denen man ganz allein in
tiefer Einsamkeit sein muß, um sie zu ertragen. Vor allem das verwundete Herz will allein sein. Die Freude macht gesellig, das Leid
aber flieht in die Einsamkeit.

Geh in den Wald, Vater Dalchow, dort findest du die beste Zu-
flucht, wenn du nicht in der heiligen Ruhe des Gotteshauses Gott
dem Herrn dein Leid klagen kannst. Trag dein leidschweres Herz
hinaus in die grünen Räume, die sich frei nach allen Seiten öffnen
und dich zugleich mit trauter Heimlichkeit umschließen. Die Bäume
schauen still auf dich herab, Kraut und Blume nicken dir schweigend
zu, sie stören dich nicht, und wenn deine Tränen rinnen, sie drängen
dir keine Teilnahme auf und sind verschwiegen. Du gehst nicht
fremd und verlassen unter den schweigenden Bäumen, das liebe
Grün liebkost dich leise, und das heimliche Dunkel legt sich wie eine
weiche Hand auf deine Stirne. Ein spielender Lichtstrahl sucht die
trüben Gedanken sacht zu fangen und in freundlichere Bahnen zu
lenken. Dann laß dich nieder im grünen Grase und ruhe dich aus,
wie ein Kind, das sich in den Schoß der Mutter schmiegt … Vater
Dalchow ist am Vormittag in den Wald gegangen, den Schmerz zu
vergessen, und Mutter Dalchow hat sich ausgeweint, bis die Kleinen
aus der Schule kamen.

Doch hat sie ihnen nicht geklagt, wie wehe es ihr ums Herz ist. Nein, sie hat bei der Beschäftigung mit ihren Jüngsten den Lebensmut wiedergefunden, der ihr alle Stürme und Nöte und Schmerzen überwinden hilft.

Und als die Sonne hinten am Horizont zu verschwinden [/22/] sich anschickt, und als das Mädel sie bittet, ihr ein wenig zu erzählen, da kann sie diesem Drängen nicht widerstehen. Von Blankenrode erzählt sie ihrem Kind, auch der Bub hört zu, eine Sage, wie sie im Volksmund geht:

„Einstmals wohnte in Blankenrode, wißt ihr, wo jetzt noch die Ruinen der Schanzen zu sehen sind, ein alter Schäfer. Die Zeiten waren lange vorüber, wo sich hier die Knie unserer Ahnen vor den blutigen Opfern beugten, wo hinter den Vorderwällen Männer und Weiber für Freiheit und Ehre, für ihr Heiligtum, ihre Götter stritten. Es war schon in der Zeit, wo die moosbewachsenen Buchenstämme, die den ehemaligen Burgplatz durchwurzeln, die wenigen Überreste der Burgzinnen und Schanzen überschatteten. Dieser alte Schäfer wurde auf einmal sehr reich. Niemand der Markgenossen aber konnte den plötzlichen Reichtum begreifen. Ganze Truhen voll harter, blanker Taler und Goldstücke barg er in seinem Hause. Einzelne seiner wenigen Nachbarn wußten, daß der Alte heimliche, wahrscheinlich sehr einträgliche Geschäfte in der Stadt machte und von dort das viele Geld erhielt. Was er aber in der Stadt, in Paderborn oder gar noch weiter, verhandelte, das verriet er niemand. In der Nacht meist ritt er fort und war dann am Morgen wieder zurück. – Häufig traf man den Schäfer mit seiner Herde an der Stelle, wo heute die Bleigruben sind. Was mochte er da machen, obschon da kein guter Futterplatz für die Herde war? Daß dort in der Erde Silber verborgen war, ahnte keiner. Nur der Schäfer wußte darum. Heimlich grub er und verkaufte es in der Stadt. Mit Rasen deckte er immer sorgfältig zu, wo er gegraben hatte. Einst hatte er wieder in seinem Sacke eine schwere Menge Silber. Als er damit nach Hause wollte, fragte ihn plötzlich jemand, der ihm aufgepaßt hatte, was er da trage. Er antwortete: „Blei!" Und im selben Augenblicke war alles Silber in seinem Hause und in der Erde umher eitel Blei."

„An den Bleikuhlen bin ich schon oft gewesen,". sagt der junge nachdenklich. „Diese Geschichte will ich aber gleich morgen in der Schule erzählen."

Ein Hund schlägt an. Man hört Schritte. Herein tritt Förster Dalchow. Er kommt zurück von seinem heute morgen begonnenen Pürschgang. Er entledigt sich seiner Waldschuhe und zieht sich eine leichtere Lodenjoppe an. Forschend schaut er seiner Frau in die Augen. Wie ein Schatten nur [/23/] liegt das Leid noch in ihren Zügen.

Vater Dalchow erzählt den Kindern von dem, was ihm draußen heute begegnet, nachdem er sein Abendbrot zu sich genommen. Er erzählt von Hardehausen und Kleinenberg und den Leuten, die in den Orten wohnen, von den Kleinenberger Händlern und dem Gnadenbilde des Wallfahrtsortes. Am letzten Sonntag sind wieder Scharen frommer Beter zur „Helferin vom Berge" gewallfahrtet und haben ihre Anliegen ihr vorgetragen.

Vater Dalchow erzählt von dem alten Kloster Hardehausen, worin 700 Jahre die Zisterzienser höchst segensreich wirkten. Anno 1803 wurde das Kloster aufgehoben und zu einer königlichen Domäne gemacht. Aus den großen Waldungen entstand die Oberförsterei Hardehausen. – Er bringt Frau und Kindern beste Grüße mit vom Oberförster Wrede.

Inzwischen ist es dunkel geworden. Mutter Dalchow schickt die Kleinen ins Bett auf die Dachkammer, wo sie bald der Schlaf in seine sanften Arme nimmt.

Förster Dalchow vertieft sich beim Schein der Petroleumlampe noch am Abend in seine Holzlisten. Seine Frau beschäftigt sich mit Handarbeiten und fragt nach den sonstigen Neuigkeiten, als Vater Dalchow ein bißchen von den Zahlen und Berechnungen aufschaut.

„Der Oberförster wußte wieder so allerhand von diesem vermaledeiten Burschen, der mir heute morgen das Frühstück versalzte. Dem Heinemann hat er auch mal wieder gezeigt, wie er schießen kann. Aber gut gelitten ist er überall, dieser Malefizkerl. Er sollte in der Fremde geblieben sein, der Hermann; weit von hier … und wenn ihn die Lust treibt zu jagen, dann kann er es in Hessen oder Posen oder Pommern tun, aber mir hier soll er nicht die besten Böcke wegschießen, der verd… Lümmel, und mir soll er nicht jede Woche seine dreckige Visitenkarte abgeben. Hol ihn der Teufel, diesen Satan in

Menschengestalt! Meine Schwelle betritt er ja nicht mehr, seitdem ich ihn verstieß ..."

„Er ist überall gut gelitten, der Hermann ..." wiederholt Mutter Dalchow für sich und läßt ihren Mann ruhig schimpfen. „Er hat einen guten Kern, er tut niemanden was zuleide, nur das verbotene Jagen im weiten Revier ... Das Mutterherz bricht noch an Dir, Hermann, Hermann," flüstert Mutter Dalchow in der spärlich beleuchteten Wohnstube des Försterhauses von Mittelwald vor sich hin. [/24/]

6.
BEIM BÜCHSENMACHER

„Den Schnadezug hätten wir mal wieder gut hinter uns!" meint Meister Lutter in Brilon zu einem in die Werkstatt eintretenden Bauern. „Und das Schützenfest auch" ergänzt dieser. „Gut, daß die Tage vorüber sind. Man jammert förmlich wieder nach der Arbeit, die nun einige Tage ruhte. Seht her, was mir die Festtage für Arbeit gebracht haben!" Der Büchsenmacher zeigt eine Menge verschossener Gewehre. „Potz Blitz! Da haben aber die Briloner geschossen, als ob das Pulver kein Geld koste! Und getanzt haben sie, als ob es Schuhleder umsonst gäbe!"

Solch ein Schützenfest in Brilon, der sauerländischen Bergstadt, hat seine besonderen Reize. Und solch einen Schnadezug, wobei nach alter Sitte vorgegangen wird und die Grenzen der waldreichen Stadt abgeschritten werden, gibt's weit und breit nicht.

„Und was Euere Tochter einen schmucken Tänzer hatte, Meister Lutter!" sucht der Bauer zu erforschen. Den stattlichen Mann mit dem etwas rötlichen Spitzbart, um den sich die Briloner Mädchen förmlich auf dem Feste rissen, da er flott tanzte und in schneidiger Form ihnen den Hof machte, kennt der Bauer nur zu gut. Aber daß der sich in des Meisters liebreizendes Töchterlein verliebt hatte, ist ihm auf dem Feste zum ersten Male aufgefallen.

Der Büchsenmacher lacht verschmitzt: „Ein Schwiegersohn wär mir schon recht. Aber … aber …" Da tritt des Meisters Tochter in die Türe, grüßt den Bauern und bittet den Meister zum Essen. „Ich komme sofort, mein Kind!" Der Bauer will den Büchsenmacher nicht weiter aufhalten, wünscht dem Meister eine gesegnete Mahlzeit und verläßt die Werkstatt.

Bei der Mahlzeit in der einfach gehaltenen Küche bildet das Tischgespräch das glücklich überstandene Schützenfest. Der Meister verhält sich ziemlich schweigsam. Das Plaudern besorgen die Meisterin und die Tochter, der die wohlmeinende Mutter Vorhaltungen macht, daß sie nicht so sehr des Nachbarmetzgers Karl beachtet habe. Doch diesen mag sie [/25/] nicht und will sie nicht. Der Meister schaut bisweilen von seinem Teller auf und betrachtet die eifrig diskutierenden Frauen, die sich nun über den schmucken, spitzbärtigen Grünen auseinandersetzen, der des Büchsenmachers Tochter Luise den Hof macht. Die Mutter sieht diesen Menschen nicht gern, wenngleich er ein guter, langjähriger Kunde in der Büchsenmacherei ist.

Doch die Luise hat ihn in ihr Herz geschlossen, sie mit ihren schönen blauen Unschuldsaugen und den flachsgelben Zöpfen. Sie freut sich dessen, daß er auf dem Feste meist mit ihr tanzte, daß sie den Vorzug hatte vor so vielen ihrer Freundinnen.

Meister Lutter läßt die Frauen reden. Er denkt an seine Zeit, wo er als wandernder Geselle durch die Lande zog, wo er auf einer solchen Wanderfahrt seine jetzige Frau kennenlernte und sie nach seinen Wanderjahren in Brilon heimführte. O schöne Zeit der jungen Liebe!

„Lebt wohl, ihr Augen, ihr schönen blauen,
Meiner Seele Paradies – – -"

klingt es vor dem Küchenfenster leise auf. Durch das halb geöffnete Fenster sieht man eine zum Gruß winkende Hand. Luise eilt ans Fenster ... Doch fort ist er, um die Ecke, rasch ins andere Zimmer ... sieh, da hebt er nochmals die Hand zum Gruß, wirft das Gesicht herum und ruft: „Ich komme bald wieder, lieb wohl, Luise! Und grüß' den Vater und vergeßt mir nicht die Büchse in Ordnung zu bringen!" Und fort ist er, der schmucke Grüne, aus dem Blickfeld der leuchtenden, blauen Augen.

Der junge Mann hat seinen Hut tief ins Gesicht gezogen, den Knotenstock fest in die Hand genommen und schreitet nun durch die winkligen Gassen der alten Hauptstadt des Herzogtums Westfalen, der Stadt mit 50000 Morgen Wald ringsum. Er geht querfeldein auf Hoppecke zu. Dort wird er wohl Fahrgelegenheit finden weiter nach Stadtberge zu, nach Westheim, in sein Revier.

Eigentlich wäre es auch in diesen großen Briloner Distrikten wohl gut sein für ihn. Aber ... er mag nicht daran denken. Und deshalb ist seines Bleibens hier nur für ein paar Tage.

Es zieht ihn wieder zurück wie mit unwiderstehlicher Gewalt in sein Revier. Wenn er doch erst wieder in ihm [/26/] tollen könnte! Die halbe Tagereise ist ihm schon zu weit, die ihn von diesem noch trennt. Nach einer knappen Stunde ist er in Hoppecke. Doch eine Fahrgelegenheit mit einem Ochsen- oder Pferdekarren bietet sich ihm noch nicht. Am hellen Mittag wird es jetzt zur Zeit der Heuernte nur Zufall sein, ein Fahrzeug hier anzutreffen. Drum weiter auf der staubigen Straße, über die Sommerhitze brütet. Gott sei Dank! Nach kurzer Wanderung auf staubiger, holpriger Straße kommt wieder Wald, schattiger Wald. Hier muß er erst verweilen, Rast halten. Er legt sich auf den Waldboden, streckt seine müden Glieder aus und träumt so vor sich hin unter dem Geäst, und darüber dem blauen Himmel mit seinen unendlichen Weiten …

Die Hitze drückt noch schmerzhaft auf die hämmernden Schläfen, die Krähen am Zaun drüben schnappen nach Luft. Mit flimmerndem Vibrieren webt die Luft über dem reifenden Korn hin und her. Wie rotes Feuer prasselt der blühende Mohn zwischen den Halmen. Die Augen schmerzen ihm davon. Der Volksglaube sagt, daß die Roggenmuhme in solcher Stunde durch das Korn gehe.

„Am Waldsaume kann ich lange Nachmittage,
Dem Kuckuck horchend, in dem Grase liegen;
Er scheint das Tal gemächlich einzuwiegen
Im friedevollen Gleichklang seiner Klage.

Da ist mir wohl, und meine schlimmste Plage,
Den Fratzen der Gesellschaft mich zu fügen,
Hier wird sie mich doch endlich nicht bekriegen,
Wo ich auf eigene Weise mich behage."

So denkt und dichtet mit Mörike der Wildschütz, der hier den Nachmittag verträumt … Leise, wie die goldenen Strahlen, die näher und näher zu ihm heranschleichen, treten die Bilder der Vergangenheit vor seine Seele.

Er denkt zurück an das bunte Leben, das hinter ihm liegt, an soviel Glück, das ihm geboten, an soviel Schmerz, der seine Brust durchbohrt. Eigene Wege ist er gegangen, ganz auf sich selbst gestellt. Keinem ist er hörig gewesen und keinem will er untertan sein. Das Elternhaus hat er sich verscherzt, da er sich nicht den Gesetzen fügen will. Wie mag sich seine Mutter um ihn grämen. Noch vor wenigen Tagen sah er sie in einer stillen Stunde im Forsthaus Mittelwald sehnend und suchend in die Weite schauen. [/27/] Ein Traurigsein ohnegleichen senkt sich bleiern auf ihn herab. Es könnte anders sein! Im Schoße seiner Familie wäre er wohl aufgehoben. An der Seite einer Gattin wie Luise, des Büchsenmachers Tochter, mit einer passablen Anstellung als Förster beim Grafen Stolberg zu Westheim, die ihm wiederholt angeboten, ließe es sich gut leben. Aber dann müßte er seinem freien Leben entsagen, hätte einen Herrn über sich und eine Frau neben sich, könnte nicht nach Belieben in seinem Revier den Böcken und Wildsauen und Fasanen und dem anderen Getier nachspüren.

Der Wildschütz fährt jäh auf. Seine Brust hebt sich. Seine Pulse klopfen. Der Gedanke an ein unfreies Leben macht ihn wild. Anderen dienen müssen? Nein! – Nach Weisung das Revier begehen? Nein! – Ins eigene Heim Tag für Tag zwangsläufig zurückkehren? Nein! – Das Leben im gleichmäßigen Ebenmaß leben, am gleichen Ort, mit denselben Menschen? Nein!

Als freier Bursch in seinem Revier, jeden Tag in neuen Gefahren und Kämpfen, nur auf sich selbst gestellt: das ist es, was er liebt.

Da taucht Luisens Bild in himmlischer Reinheit, in mädchenhafter Anmut vor ihm auf. Sie söhnt ihn mit allem aus, was ihm im Leben wehe getan, – auch mit sich selber. Aber kann er, der Gescheiterte, sich's zutrauen, sie mit hineinzuziehen in seinen großen Kampf, seinen Bruch mit den bürgerlichen Gepflogenheiten? Würde sie ihm folgen in sein Revier, seine, des Wildschützen Gattin werden? Schmerzliche Zweifel steigen in ihm auf. Gedanken um Freiheit und häusliches Glück widerstreiten in seinem hämmernden Schädel.

Den Wildschützen gelüstet es nach neuen Taten, nach seinem Revier. Er springt auf, reckt sich, nimmt wieder den Knotenstock zur Hand und macht sich wieder auf den Weg gen Stadtberge. Dicht an der Landstraße am Waldessaum entlang, über Gräben und Hecken und Zäune geht sein Weg, immer die Landstraße im Auge. Da, bei Beringhausen, fährt ein Ochsengespann einen Kastenwagen talabwärts in seiner Marschrichtung. Er beeilt sich, auf die Landstraße zu kommen. Seine Bitte, mitfahren zu dürfen, wird ihm gewährt. Warum auch nicht? Er kennt zwar den Gespannführer nicht. Aber unter dem großen, verschossenen Strohhut blicken zwei gutmütige Augen aus einem sonnengebräunten Gesicht. Unmöglich kann der Mann seiner Bitte widersprechen, das sieht er [/28/] auf den ersten Blick. Er fragt ihn nach der reifenden Ernte, seinen Steuern und dem Pachtzins, den er für seine Länder zahlen müsse.

Der Bauer schildert ihm seine Sorgen und Nöte in knappen Sätzen. Wortkarg, wie die. Ackersleute hierzulande einmal sind, ist, auch dieser Bauer aus Beringhausen, doch auch offenherzig und ohne Falsch. In Beringhausen muß der Wildschütz das Gespann verlassen, nachdem er dem freundlichen Bauern ein Geldstück in die Hand gedrückt hat, und weiter nach Bredelar auf Schusters Rappen wandern. Dort erhält er nach kurzem Aufenthalt die Nachmittagspost nach Stadtberge. Er steigt in die mit zwei Pferden bespannte Postkutsche, nachdem er sein Fahrgeld dem ihm bekannten Postillon gezahlt hat. Außer ihm fahren noch zwei Männer mit, die er nicht kennt. Dem Aussehen nach handelt es sich nach seiner Meinung um zwei Geschäftsreisende. Diese seine Meinung wir dadurch noch gestärkt, daß sich die Beiden nach kurzer Begrüßung über geschäftliche Dinge unterhalten.

Hermann Klostermann hört das Gespräch in der Postkutsche uninteressiert an. Seine Augen sind unverwandt in den herrlichen Hochwald gerichtet, durch den die Straße führt. Welch herrliche Jagdgründe zu beiden Seiten der Straße! Welch schönes Revier! Sein Revier!

Nach einer kurzen Fahrt erreichen sie die zur Linken liegende Oberförsterei. Hier steigt der Oberförster zu den Dreien, die er mit einer leichten Verbeugung grüßt. Durch den Forstbeamten im grünen Jagdanzug mit dem Oberförsterhut wendet sich das Gespräch der beiden Reisenden, nachdem sie über die schlechte Straße, worauf sie fahren, bei jeder größeren Erschütterung geschimpft, jagdlichen Dingen zu, wovon sie etwas zu verstehen glauben. Klostermann spitzt die Ohren, denn nun geht es in sein ureigenes Gebiet. Man unterhält sich über Jagd und Wild, gibt einige Jägerwitze zum Besten, erzählt Jagdgeschichten mit der ausdrücklichen Versicherung, daß sie der reinen Wahrheit entsprächen. Dann und wann steigt ein

Flug auf wegen der schlechten Fahrstraße, ab und zu erschallt aber auch fröhliches Gelächter über die Witze, wozu auch der Oberförster von Bredelar nach Kräften beisteuert. Auch Hermann Klostermann, der Wildschütz incognito, erzählt mit der Geste eines Biedermanns aus dem reichen Schatz seines im Wald und auf der Jagd Erlebten. Der Oberförster schimpft gelegentlich auf die Wilderer [/29/] und insbesondere den Wildschützen Klostermann, der auch in seinem Revier nach Belieben jage. Er ahnt nicht, daß der freche Bursche leibhaftig vor ihm sitzt. „Der Teufel soll dieses Gesindel holen!" ereifert sich der Oberförster. Die anderen Zwei stimmen dem sichtlich zu, Hermann Klostermann aber bedeutet dem Postillon vorne auf dem Bock, er möge halten, da er aussteigen wolle – es ist in der Höhe der Wirtschaft Limpinsel -, lüftet unter einer Verbeugung den Hut, richtet sich in seiner ganzen Größe stolz auf und sagt: „Wahrt Euch vorm Blitz! Hermann Klostermann der bin ich!" und – verschwindet unter dem entsetzten Erstaunen der anderen.
[/30/]

7.
WALDRÄUBER

Der Wildschütz streift wieder durch das Revier. Nach Madfeld zu
zieht es ihn. Dort liegt im tiefen Tannenwald, verborgen vor zu-
dringlichen Blicken, das Waldhaus.

Er tut ein gutes Werk damit, der alte Wald, ein gutes Werk an
dem Haus und den Menschen, die darin wohnen, daß er sie verbirgt.
Eigentlich ist das Haus nur eine erbärmliche Hütte. Schmutzige
Lehmwände, die überall reißen und abbröckeln, ein durchlöchertes
Dach, auf dem Gras und Moos ungehindert wuchern können, zer-
brochene Fensterscheiben und leere Fensterhöhlen, – so steht es da
nackt und bloß, das alte Haus.

Wie gut hätten ein paar Blumen vor den kahlen Fenstern mit
grünen Ranken und bunten Blüten viel zudecken können von seiner
Armut und Häßlichkeit. Die Bergwand versperrt zudem der Sonne
den Weg, und nur düstere Schatten lauern rings um das Waldhaus.

Wenn sonst ein Wanderer sich in seine Nähe verirrte, sah es ihn
so düster drohend an, daß er mit scheuem Blick rasch vorüber eilte,
fort aus dem unheimlichen Bannkreis der einsamen Hütte.

Aber Wildschütz Klostermann will sein Geheimnis ergründen. Er
hat schon soviel über das Waldhaus und seine Bewohner gehört, daß
es ihn drängt, den dunklen Schleier, der über ihm liegt, zu lüften.

Ja, es leben tatsächlich Menschen in dieser erbärmlichen Hütte.
Eine ganze Familie hat ihren Unterschlupf in der Waldhütte. Ver-
kommen, rauh und roh in ihrer Wildheit und Leidenschaftlichkeit
sind sie alle, die zu dieser Familie gehören. Das hat der Wildschütz
von seinen Freunden vernommen.

Er will auch nichts mit ihnen zu tun haben, mit diesen wilden Gesellen, mit dem Manne, den beiden erwachsenen Buben und dem
Weib, die gemeinsam häufig in der Nacht auf förmlichen Raub aus-
gehen. Wie schadenfroh und roh sie lachen können, wenn sie heim-
geschlichen kommen von [/31/] ihrem nächtlichen Raubzuge, das
tote Wild auf den Schultern, wenn sie es glücklich geborgen haben

im hintersten, finstersten Gelaß der Hütte. Oh, wie fürchterlich sie auch fluchen können, wenn sie ohne Beute angehastet kommen, weil der Waldhüter ihnen auf der Spur war und sie froh sein müssen, sich selbst in Sicherheit zu bringen. Wehe dem Waldhüter, der es wagen sollte, das wilde Haus zu betreten.

Zwischen diesen vier Menschen, die schonungslos und grausam alles Wild wegputzen, was ihnen zu Gesicht kommt, zwischen dieser Wildheit wächst eine Rose heran, ein Mädchen. Und um dieses Mädchen dem Erdreich zu entreißen, das ihm nur Verderben bringen kann, und es zu Menschen zu bringen, die sich seiner in Liebe annehmen, ist Wildschütz Klostermann gekommen.

Es ist schwer zu beten, wo andere nur fluchen, es ist schwer zu lieben, wo andere verderben und töten, es ist schwer, mild zu sein, wo andere nur hart und grausam sind. Zwar kann auch mitten zwischen giftigem Unkraut die lieblichste Blume blühen, doch zuletzt schadet der Gifthauch ihr doch, verschlingt den süßen Duft, vernichtet den zarten Farbenschmelz. Dieser jungen Menschenblüte sollte es indes nicht so ergehen. Das will Wildschütz Klostermann verhindern, der Wilderer, der dasselbe Handwerk treibt, wie die in dem Hause. Er ist Wilderer dem Namen nach wie diese Wildererfamilie. Aber eine tiefe Kluft liegt zwischen diesen verkommenen, verwilderten Menschen ohne Herz und ihm. Er ist sich klar, daß sein Versuch, das blühende Menschenkind dem giftigen Erdreich zu entreißen, harten Kampf kostet. Er ist sich klar, daß er mit seinem Leben spielt, wenn er sich der Waldhütte unbefugt nähert. Doch das Mitleid mit dem Mädchen treibt ihn und der Zuspruch seiner Freunde stärkt ihn zu mutigem Wagen.

Er schleicht sich nahe an das Waldhaus, um zu erkundigen, wer zugegen ist. Wenn alle anwesend sind, ist heute sein Plan nicht auszuführen. Sind es jedoch nur die Mutter und die Tochter, dann wird es ihm ein Leichtes sein, das Mädchen aus der Wildnis zu entführen. Er kennt ja die Wege, die ihn vor seinen Verfolgern schützen.

In abgerissener Kleidung will er im Waldhaus als ein Schutzsuchender, als einer ihresgleichen, um einen Trunk bitten. Er wird schon den rechten Spruch finden, und das [/32/] Weitere muß er dem Zufall und seinen wachsamen Augen überlassen.

Er klopft an die zersplitterte Tür des zerfallenden Hauses. Keiner bittet ihn einzutreten. Er klopft ein zweites Mal. Niemand meldet sich. Er schleicht um das Haus herum, schaut durch das bald aus dem Rahmen fallende Seitenfenster in das Innere. Nichts regt sich. Nur verwahrloste Oede gähnt ihm entgegen.

Sollten alle heute einen Waldausflug gemacht haben? Es ist ein trüber Herbsttag. Herbstnebel liegt, erstickend schwer wie eine böse Ahnung, über dem Wald und dem Waldhaus. Scheinbar sind die Männer schon frühmorgens fortgegangen, um das erlegte Wild fortzuschaffen. Aber das Weib und die Tochter?

Wenn das Haus reden könnte, dann würde es dem Wildschützen erzählen, daß beide in den tiefen Wald gegangen seien ...

Weil der trübe Tag wie geschaffen war zum Wildern, ist das Weib nicht daheim geblieben. Es kann ja die Flinte meistern wie ein Mann. Es versteckt sie meist unter den Kleidern. Als sie heute morgen zum räuberischen Handwerk aus der Hütte getreten ist, ist sie – plötzlich sich besinnend – stehen geblieben. Seine scharfe Stimme hat in das Haus geschrillt, hat den Namen Marie des Kindes gerufen und das Mädchen mitgehen lassen in den tiefen Wald. Gewohnt zu gehorchen, ist das Mädchen mitgegangen, zum Reisigholen – hat es gemeint. Trotz aller Roheit hatte man sich bisher gescheut, das zarte Mägdlein an dem wilden Handwerk teilnehmen zu lassen.

Doch heute hat die Mutter das Kind mit zum Wildern genommen. War das überhaupt noch eine Mutter, die mit dem Kinde fortging? Nein, das war eine arglistige Hexe, die ihr ahnungsloses, törichtes Mägdlein ins Verderben lockte.

Wenn das Haus reden könnte, dann würde es von seiner Angst erzählen, seinen Höllenqualen in diesem Fieberwahn zähneklappernder Angst.

Wildschütz Klostermann muß unverrichteter Sache wieder heim. „Nun gut", denkt er, „dann komme ich morgen wieder. Aber ich muß und will das Mägdlein aus dieser vertierten Menschengesellschaft herausholen, koste es, was es wolle!" Er wendet sich zum Gehen. Er verläßt diese unheimliche Wohnstätte. [/33/] Da plötzlich ... dröhnt ein Schuß, nicht sehr weit. Mit allen Fiebern spannt der Wildschütz in den nebligen Wald hinaus. Er ist im Tannendickicht, vor Späherblicken geschützt.

Da knackt es, noch fern, im Unterholz, nun kommt es geisterhaft im Nebel angeschlichen ..., jetzt ist es ganz nahe. Ist es nicht ein schweres Schreiten wie von Menschen, die eine schier unträgliche Last schleppen? Sie kommen nun wohl mit dem Wild, diese Räuber, denkt der Wildschütz. Ja, sieh, da steht das Weib mit dem Wild, und das Wild – Herrgott – das Wild ist – sieht er recht – das Mägdlein. Blutend, leblos schleppt es die Mutter, -nein, die Waldhexe – ins Haus.

Im Wildschützen krampft es sich zusammen im wilden Schmerz. Die Mutter hat ihr Kind erschossen. Zu spät war er gekommen. Kam er vor einer Woche, kam er vorgestern, kam er gestern, dann hätten seine Augen dies Bild des Jammers nicht zu schauen brauchen.

Vor Qual und Entsetzen kann er nicht weiter. Er sieht auch die Männer heimkommen. Starr und stumm wie vor etwas Unfaßbarem stehen sie vor der kleinen Leiche und vergessen sogar das Fluchen. Verworren, mit lallender Zunge wie im Rausch hört er das Weib berichten, wie das Gräßliche geschehen. Als Treiberin hat sie das Kind gebraucht und es dann im Nebel selbst für ein Stück Wild gehalten und totgeschossen. Die Waldhexe weint um ihr Kind keine Träne. Nur klappert sie mit den Zähnen und bebt und zittert aus Angst vor den Hütern der Gerechtigkeit.

Hat der Wald alle ihm zugefügte Unbill rächen wollen an dem unschuldigen Kinde – oder meinte er ein gutes Werk zu tun, als er das Unglück unter seinen Augen geschehen ließ? Der Wald schweigt und antwortet nicht. Das alte Haus, das seinen einzigen Sonnenstrahl verloren, steht stumm und starr. Nun hat es auch seinen Herrgottswinkel verloren, den das Mägdlein geschaffen und den die bösen Geister ängstlich mieden.

Der Wildschütz, auf dem das Geschaute bleiern lastet, streift traurig durchs Revier. Ihm ist für heute das Jagen verleidet. Noch ehe er heimkommt, hat man die Waldhexe, die sich mit einem Schwall von Lügenworten reinzuwaschen versucht, überführt und fortgebracht. – Und im Forsthaus Mittelwald, zu dem die Kunde von der grausigen Tat auch bald dringt, stöhnt Mutter Dalchow auf im Gedenken an ihr Kind, an ihren Sohn Hermann. [/34/]

8.
DER DOPPELGÄNGER

Es ist ein trüber Novembertag. In die Straßen und an die Fensterscheiben klatscht der Regen. Ein unfreundliches Gesicht macht die Diemelstadt Stadtberge, und mürrisch und mißmutig verkriechen sich die Stadtberger hinter den warmen Ofen, soweit sie nicht dringliche Arbeiten haben. Es wird spät hell und früh dunkel. Man verträumt so die Tage, ohne rechten Schaffensdrang, geht häufiger als sonst zu den Nachbarn, erzählt sich, was sich hier und in der weiten Welt zugetragen, greift auch gern auf gespensterhafte Geistergeschichten zurück, die man recht wichtig macht und weit aufbauscht, damit sie den Schein der Wahrheit erlangen.

Im Dämmerlicht sitzt der Wirt des Stadtberger Hofes in der niedrigen Wirtsstube und trommelt zum Zeitvertreib mit den Fingern vor sich hin. Der Wirt schürt das Feuer im Kachelofen, damit es seinen Gästen in der Stube mollig warm wird.

Er setzt sich wieder an den Tisch und trommelt mit seinen Fingern vor sich hin. Nach einiger Zeit ruft er seiner Tochter in der Küche durch die Stubentür zu: „Stina, was Hieronymus no nit do?"[1], worauf die Antwort zurückkommt: „Nä, Vadder!"

Seine Gäste kichern. Dieses Pseudonym „Hieronymus" ist ihnen wohl bekannt. Nach Hieronymus fragt der Wirt alle Tage. Über Hieronymus hört er alle Tage und Hieronymus sieht er recht häufig in der Wirtsstube und in der Küche.

Das Gespräch der Gäste im Dämmerlicht wird zusehends lauter: „Und ich sage dir, Karl, er hat einen Doppelgänger und versteht sich auf allerlei Künste, er weiß in vielen Dingen Bescheid und kennt auch das, was man so schwarze Sache nennt, als da ist unsichtbar machen – den Waldbann setzen!" meint der Sägemüller zu seinem Nachbarn und macht einen mächtigen Zug aus seiner Pfeife und bläst den Dampf in Rauchwolken von sich, als ob der die bösen Geis-

---

[1] [Stina, war Hieronymus noch nicht da? / Nein, Vater!]

ter verjagen solle. „Ja, ja, ich kenne Leute hier, die wollen drauf schwören, daß der Klostermann an zwei Stellen zu gleicher Zeit gesehen worden ist, und daß er sich vor aller Augen [/35/] unsichtbar gemacht hat," vervollständigt der dicke Schmied. „Laßt euch doch diese Bären nicht aufbinden," fährt ein Bauer aus dem Waldeckschen dazwischen. „Ich will's euch besser sagen: das Unsichtbarmachen ist leicht erklärt." Er sieht sich mit scharfem Blick in der Gesellschaft bei diesen Worten prüfend um: „Es sind hier ringsum eine Menge guter Freunde des Wildschützen, die bringen ihn schnell beiseite, wenn die Gefahr droht. Da geht's in diese oder jene Ecke – hinten zur Tür hinaus – oder zwischen die Heuluder – oder in die Futterkrippe." „Was der Bauer aus dem gelobten Lande nicht alles weißt" lacht der Sägemüller hell auf. „Das mit der Futterkrippe ist nicht so leicht, wie Ihr meint. Und überhaupt auf diesen Gedanken zu kommen!" – „Erzählet, erzählet!" bitten die Gäste einer nach dem anderen. „Es ist kein Märchen, Leute, beginnt der Sägemüller," ich habe es am Sonntag vom Förster Steinhoff selbst gehört.

„Also, der ist im Dütlingstal auf seinem gewohnten Gange. Da hört er einen Schuß rollen. Das Echo gibt ihn zweimal wieder. „Das muß ein Wilddieb sein. Ob das nicht der Klostermann ist? denkt Förster Steinhoff. „Der wird mir diesmal nicht entwischen." Förster Steinhoff schleicht sich vorsichtig weiter in der Richtung, wo der Schuß fiel. Es ist so in der Morgendämmerung gewesen. Nach einiger Zeit sieht er tatsächlich den Wildschützen mit seiner Beute, einem feisten Rehbock in Richtung Stadberge ziehen. Der Wildschütz hat den Förster mit seinem scharfen Blick schon lange erspäht, hebt drohend seinen Zeigefinger, zum Zeichen, er solle ihn in Ruhe lassen. Was tun? Alleine den Kampf mit dem Wilddieb aufnehmen hieße für den Förster, Gott versuchen. Und wenn es der gefürchtete, gute Schütze Klostermann tatsächlich wäre? Genau kann der Förster ihn nicht sehen, dafür ist die Entfernung zu weit. Wenn es der Wildschütz Klostermann wäre, und ihm mit einem wohlgezielten Schuß den Garaus machte? Und doch will er den frechen Burschen auf frischer Tat stellen und ihn der Polizei übergeben. Und wenn es der Wildschütz Klostermann ist, dann hat er heute einen guten Fang gemacht. Er sieht, wie der Wilddieb unter der Last des schweren Bockes fast zusammenknickt. Er sieht, wie er trotz dieser Last den

Vorsprung zwischen ihm und sich von Minute zu Minute vergrö-
ßert. Der Förster strengt sich an, ihm zu folgen. Er sieht, wie ihm der
Wildschütz wiederholt, als sei es fast scherzhaft, [/36/] droht. Der
sinnt und lacht, daß er dem Grünen ein Schnippchen heute schlagen
wird, und daß er nicht in seine Hände fällt. – Förster Steinhoff sieht
den Wilderer mit seiner Beute die Bredelarerstraße erreichen. Dann
überquert er diese und verschwindet in der Wirtschaft Limpinsel.
Ganz sicher sieht das der Förster. Darin muß er sein und kann nicht
hinaus, ohne daß er es bemerkt; denn das Haus steht frei an der
Straße. Das Herz des Försters jubelt schon auf in dem Gedanken,
endlich einen frechen Burschen gestellt zu haben. Doch der hat in
Wahrheit die Rechnung ohne den Wirt gemacht. Er bittet um Einlaß
in der frühen Morgenstunde, der ihm gerne gewährt wird. Er fragt
nach dem Manne, der soeben hier eingekehrt sei. Der Wirt weiß
nicht, wen er meint. Er hat auch keinen gesehen. Der Förster wird
ungehalten, der Bursche müsse hier sein. Der Wirt bekräftigt nochmals, keinen gesehen zu haben. Der Förster geht in dieses und jenes
Zimmer. Er schaut hinter die Schränke und unter die Betten. Er steigt
auf den Boden, immer das Gewehr schußbereit. Der Kerl muß im
Hause sein und er muß ihn fangen! – Doch unverrichteter Dinge
muß er nach einer Stunde mißmutig abziehen. – Währenddessen
lacht Wildschütz Klostermann vergnügt in sich hinein. Aber wo
steckt er? Im Hause ganz gewiß. Aber nicht an den Stellen, wo ihn
der Förster suchte. Der Wildschütz war nämlich schnurstracks in
den Kuhstall gelaufen, traf da den Onkel, der mit der Morgenfütte-
rung des Viehes beschäftigt war, instruierte diesen schnell, legte sich
in die Futterkrippe und ließ sich mit dem Futter zudecken. Wer
konnte das auch außer den beiden Beteiligten ahnen, daß er sich
diesen merkwürdigen Schlupfwinkel ausgesucht hatte?"

Helles Gelächter ist die Quittung für die Erzählung des Sägemüllers im Stadberger Hof. Auch der Waldecker Bauer lacht mit über
diesen Streich und meint: „Es gibt bald soviel Geschichten über des
Wildschützen Untaten, daß man ein Buch darüber schreiben könnte.
Aber das mit dem Doppelgänger glaube ich nicht." Ein Gast fällt ein:
„Jeder Mensch hat einen Doppelgänger. Warum nicht der Klostermann?" – „Was heißt Doppelgänger!" brüllt der Waldecker dazwischen. „Der Klostermann hat einen Jagdgenossen, den er mit in sein

tolles Leben zog. Der Lohoff ist's aus Oesdorf. Der ist in seine Pläne eingeweiht. Der jagt mit ihm in seinem Revier. Viel Leid ist drum über seine Familie gekommen. Eins ist sicher: Wenn der Klostermann [/37/] und sein Gefährte auch noch soviele Freunde haben und sie hundertmal den Haschern entwischen, wenn er aber einmal in den Händen der Gerechtigkeit ist, dann wird er lange drin bleiben und einige werden ihm wohl Gesellschaft leisten. Die Geschichten enden immer so, daß der Gegriffene zuletzt die guten Freunde angibt. Ich will dem Klostermann nicht wünschen, daß ihn einer in die Fänge kriegt." – „Es kriegt ihn keiner!" sprechen drei, vier Gäste. „Ringsum im ganzen Sauerlande, im Warburger Land, im Waldeckischen hat der Klostermann seine guten Freunde und jedermann hilft ihm gerne fort," meinte der Sägemüller. „Meistens ist er in Westheim zu finden, hier wohnt er," rühmt sich ein Westheimer. „Freilich – in Westheim wohnt er," lacht der Karl dazwischen. „Aber selten genug ist er daheim. Er streift wochenlang im Forste umher, ehe er wieder keimkehrt." „Es ist ein Blitzkerl – sag ich noch einmal," ruft der Schneidemüller. „Ist's denn wahr Karl, daß Klostermanns linkes Auge vom vielen Zielen kleiner geworden sein soll?" „Die Leute erzählen es sich!" antwortet Karl. „Ich habe ihn wohl in der letzten Zeit mal gesehen, aber das nicht so genau beobachtet – sicher aber soll es sein, daß er mit jedem Tier um die Wette läuft und wie ein Hackspecht um die Stämme tanzen kann." – „Na tanzen kann er überhaupt gut," bemerkt der Sägemüller, dazwischen. „Bei uns in Stadtberge kommt er häufig, wenn's ein Fest gibt – und ich sag Euch, er kann gut schwenken – dazu ist's ein bildhübscher Kerl, in den alle Mädchen verliebt sind." Es klingt durcheinander: „Ja, ja, kann's keinem Mädel übelnehmen."

„Schade um den Kerl", versucht der Waldecker den Sermon zu schließen, „es wird noch ein schlimmes Ende nehmen." Doch der Sägemüller fällt ein: „Mein Gott, er kann nicht anders. Er muß wildern. Es ist ihm angeboren. Seine Mutter ist schuld dran. Sie heiratete ja in zweiter Ehe den Förster Dalchow. Sie hat ihn zu viel in den Wäldern umherstreifen lassen, um Mittelwald. Woher sollt er's sonst haben? Sein Vater war ja Müller in Rezin bei Potsdam. Von dem hat er bestimmt nicht diesen Hang zum Walde und zum Wildern. Aber mit dem Stiefvater stand er nie gut ... übrigens, ich meine, Wilddieberei ist halb so schlimm, und wenn der Klostermann nichts weiter tut, ist er lange der Schlechteste nicht." – „Seht Euch mit dem Reden vor!" mahnt der Stadtberger Hofwirt. „Nur gut, daß das kein Beamter hört, ein Segen, daß der Oberförster nicht hier ist. [/38/] Der kann solche Reden in der Seele nicht leiden. Der wälzt sowieso schon immer grimmige Augen auf Euch, daß Ihr offen für den Wildschützen und sein Handwerk Partei nehmt. Am Ende glaubt er, daß Ihr mit dem Klostermann unter einer Decke spielt, sein Jagdgenosse seid." – „Seh ich so aus, als ob ich der Doppelgänger von Klostermann bin?" lacht der reiche Sägemüller. „Was kümmert mich das alles? Ich kaufe mein Wild für mein gutes Geld, von wem ich will. Und wenn ich's von Klostermann kaufe, bin ich dann der Einzige? Was? Er deutet mit einem leichten seitlichen Kopfnicken zum Wirt an der Theke hinüber. Die anderen Gäste verstehen diesen Wink mit dem Zaunpfahl. Der Wirt tut, als ob er nichts gesehen und gehört hat. „Wißt ihr's denn nicht mehr?" fährt der Sägemüller fort. „Hat nicht vor drei Jahren in Warburg der Schützenfestwirt zum Schützenfeste von Klostermann eine Menge Rehe gekauft und haben die Euch – Ihr waret zum Teil auch dabei – etwa schlechter geschmeckt als andere, he?" – „Ne, das kann ich nicht sagen," lacht der Waldecker – „ich habe auch mitgegessen." – „Ich auch, ich auch" tönt es in der Runde. „Also, was fragt mein Magen danach, ob der Schuß, der, das Wild traf, aus des Klostermanns Rohr oder von, weiß Gott wem, kam?" – „Eigentlich ist's wahr!" brummt es hie und da zu des Sägemüllers Worten zustimmend. „Und wißt Ihr denn die tolle Geschichte, die dabei passiert ist?" macht der Sägemüller die Leute in der Wirtsstube neugierig; auch der Wirt lustert interessiert und macht sich an dem Tische, wo der Sägemüller sitzt, zu schaffen, indem er die Tischplatte von dem überflüssigen Gläsern und Resten säubert. „Ne, ne, – erzählt!" drängt die Runde. „Also, bei dem Warburger Schützenfest hatte doch der – Klostermann die Rehböcke geliefert. Alle Welt aß mit gutem Appetit von dem köstlichen Braten, einige soviel, daß sie nicht mehr atmen konnten. Es war eben ein herrliches Fleischwerk. Am allermeisten speiste Adjunkt Kleinert, wißt Ihr, dieser Forstgehilfe, der in dem Warburger Forste mitzureden hat. Und weiß der Himmel, woher auf einmal die Rede kam. Die Rehböcke seien gewildiebt und von Klostermann geliefert. Als Kleinert das hörte, kriegte er sofort Magendrücken, und als er gar erfuhr, das Wild sei aus dem Warburger Forste geschossen, da wollte sein Magendrücken kein Ende nehmen. Einige Tage drauf ritt nun Kleinert in den Warburger Wald. Da kam Klostermann ihm entgegen, und als der Forstgehilfe Kleinert [/39/] ihn sah, drohte er ihm mit dem Finger und schimpfte: „Klostermann, Klostermann! Es ist abscheulich, daß Ihr aus meinem Revier die Rehböcke geschossen habt." Recht gutmütig, als ob das weiter nicht so schlimm sei, stand ihm Klostermann gegenüber, kratzte sich hinter den Ohren und meinte: „Herr Adjunkt, es tut mir leid – aber verlaßt Euch drauf – in Zukunft wird Euer Revier geschont. Was tut's? Mir steht ja doch ein viel größeres Revier zur Verfügung."

Allgemeines Gelächter ist der Dank der Runde für diese Anekdote vom Wildschützen. „Aber", ergänzt der Sägemüller, „dem Klostermann war's nicht zum Lachen; denn die Antwort hatte er sich nicht gut genug überlegt. Er hatte es ja selbst dem Beamten eingestanden, gewildert zu haben. Sie machten ihm mal wieder den Prozeß und setzten ihn einige Monate fest."

„Es ist mir überhaupt ganz unerklärlich, wieso sie den Klostermann nicht wiederum festnehmen", meint der Waldecker in seinem blauen Leinenkittel, aus dem er ein großes buntes Taschentuch zieht, um sich darin zu schnupfen.

„Sie kennen ihn doch alle als Wilddieb. Sollte er sich wirklich zu Zeiten der Gefahr unsichtbar machen können?" meint ein anderer. „Soll er wie Siegfried eine Tarnkappe haben, daß er jeder Gefahr entschlüpfen kann?" fragt ein dritter.

Das Gespräch kommt bald ins Geisterhafte. An trüben Herbsttagen, im Novembernebel sehen die Leute hierzulande nur zu leicht Gespenster. Beim prasselnden Kaminfeuer, wenn draußen das Wetter gegen die Scheiben klatscht, erzählen sie sich einander Geistergeschichten, daß ängstliche Gemüter nachts davon träumen und aufschrecken und anderentags bebend erzählen, sie hätten in der Nacht den Leibhaftigen gesehen.

Allerlei Spukgeschichten laufen im Diemellande um, daß es einen kalt überläuft, wer für solche Dinge empfänglich ist. Sie pflanzen sich fort von Geschlecht zu Geschlecht. Manche Geschichten haben Eingang gefunden in den schönen Sagenschatz, aus dessen tiefster

Tiefe in jedem Orte nur ganz wenige zu schöpfen verstehen. – Eine
der in unserm Heimland wohl am meisten verbreiteten Sagen, aus
Urväters Tagen von Mund zu Mund erzählt, ist die vom „wilden
Jäger". Die Sage von ihm leitet sich her aus dem altgermanischen
Götterglauben, insbesondere von dem deutschen Himmelsgott
[/40/] Wodan, der ursprünglich ein Gott der bewegten Lüfte und
des Zornes war. Er führte das Seelenheer der gefallenen Helden, das
hoch in den Lüften in tiefer Nacht dahinbrauste und die Menschen
auf der Erde in stummer Angst erzittern ließ. – In den meisten Sagen
erscheint der „wilde Jäger" als ein finsterer, unheimlicher Geselle,
der mit dem Teufel im Bunde steht und den Menschen „gruselig"
macht, ihm Furcht und Schrecken einjagt, ja gar ihm Schaden zufügt,
wo er nur kann.

Das Volk erzählt sich hier vom „wilden Jäger" also: Ein Knecht
aus Stadtberge hat ihn gesehen, den wilden Jäger, wie er unter Hun-
degebell und Hörnerklang durch die Lüfte zog. Er sei früher ein
Bauer gewesen, der einst am Sonntag gejagt habe. Seitdem ist er
dazu verurteilt, ewig zu jagen. Als ihm jemand nachgerufen habe, sei
ihm vom „wilden Jäger" ein Stück Fleisch zugeworfen worden mit
den Worten: „Willst du mit mir jagen, sollst du auch mit mir gna-
gen!" – Im benachbarten Warburger Lande hatte man den Namen
„Hackelberg" für den wilden Jäger. Er war ein Bauer, der sich ge-
wünscht hatte, ewig jagen zu dürfen. Sein Wunsch ging auch in Er-
füllung. Nun jagt er mit zwei Hunden durch die Luft, von denen der
eine „fin" bellt, der andere „groff". Der Hackelberg selbst ruft fort-
während: „Strak tau, strak tau!" Gespensterhaft steigen die Rauchwolken aus den kurzen Pfeifen der Gäste und hüllen die Gestalten
ein wie Nebel. Man bringt den Wildschützen mit dem „wilden Jäger" in Verbindung. Man mutmaßt und munkelt und spitzt die Ohren. Man sagt, er habe einen Doppelgänger. Man besteht darauf, er
könne sich unsichtbar machen. Die ganz Beherzten reden von Unsinn.

Es ist gut, daß es Essenszeit ist, und daß der Regen nachgelassen
hat; denn jetzt schicken sich die Gäste an, nach Hause zu gehen, und
wenn sie nicht aufbrächen, wer weiß, ob sie nicht ernsthaft stritten
und an die Köpfe kriegten nur wegen der verschiedenen Meinung
über Spuke und Gespenster und den Doppelgänger des Wildschüt-

zen. Ja, so sind die Menschen! Sie reden sich die Zungen heiß und die Köpfe warm um Dinge, die sie im Grunde garnichts angehen.

Als sich der Schwarm der Gäste verlaufen, der Wirt zum Stadtberger Hof die Wirtsstube wieder geordnet und die dumpfen Rauchwolken durch Öffnen der Fenster hinausbefördert [/41/] hat, da fragt er seine Tochter nochmals: „Stina, was Hieronymus no nit do?" Hierauf kommt aus der Küche die Antwort: „Jo, Vadder, hei is hier inne. Lustere mol!"[2]

Und der Wirt geht zu seinem „Hieronymus" und findet den so eben beredeten, vermaledeiten und gepriesenen Wildschützen Hermann Klostermann munter und fidel in der Küche hinter dem warmen Ofen sitzen. Der Wirt kann es nicht unterlassen, dem häufig bei ihm in Küche und Gaststube verkehrenden Wildschützen die soeben geführten Gespräche über ihn mitzuteilen. Dieser kann sich eines lauten Lachens nicht erwehren. Er bestätigt dem Wirt und dem Gesinde die Anekdoten und erklärt: „Morgen miete ich mir ein Zimmer im Hause neben Förster Steinhoff und Gendarm Sprick und markiere den biedersten Bürger von der Welt."

Der Wirt nimmt ihn beiseite und bespricht mit ihm das „Geschäft". Das Gesinde in der Küche hört zum Schluß der Besprechung der Beiden nur die lauten Worte des Wildschützen: „Aber selbstverständlich jage ich weiter in meinem Revier, trotzdem mir in meiner neuen Wohnung zwei Hüter des Gesetzes auf die Finger passen würden, wenn sie wüßten, wer ihr neuer Nachbar sei!" Spricht's und verschwindet in den trüben Novemberabend ...

Am Abend desselben Tages kehrt Polizeisergeant Aust von Brilon im Stadtberger Hof ein. Aust ist als ein gestrenger, energischer und gewissenhafter Beamte im ganzen Bezirk bekannt. Die Anrüchigen des Kreises Brilon und darüber hinaus haben allen Grund ihn zu fürchten. Er macht nicht lange Federlesens mit ihnen und paßt ihnen streng auf die Finger. Der Hüter des Gesetzes macht oftmals weite Reisen, die ihn weit ins Land hineinführen. Aust ist der Mann, der auch Klostermanns Treiben scharf beobachtet und jede Gelegenheit wahrnimmt, über ihn zu hören oder gar seiner auf frischer Tat habhaft zu werden.

---

[2] [Stina, war Hieronymus noch nicht da? / Ja, Vater, er ist hier drin. Horcht mal!]

Polizeisergeant Aust mietet sich für die Nacht im Stadtberger Hof ein. – Erst anderen Tages will er mit dem Postwagen nach Brilon zu und unterwegs noch verschiedene Sachen erledigen. Er hat heute Abend Zeit, sich eingehend mit dem Wirt und seinen Gästen zu befassen, sie auszuhorchen und vielleicht wichtige Fingerzeige für seine Arbeit zu bekommen. Und umgekehrt: Der Wirt hält gern mit ihm ein Plauderstündchen, da er weit herumkommt und immer [/42/] etwas Neues mitbringt.

Im Lampenschein – der Beamte ist der einzige Gast – schiebt ihm der Wirt ein Glas Bier hin, wünscht ihm ein gutes Prosit und fragt: „Keine Neuigkeiten?" – „Nicht viel" erwidert Aust. „In Brilon was passiert?" „Ja, Eure Bekannten, die Eheleute Thiele, leben schlechter als je. Bei Tag und Nacht setzt es Zank ab zwischen beiden, die Nachbarn haben sich schon beschwert, und da muß ich nun jetzt einschreiten. Die Frau soll mich nur holen." – – „Tut's nur," meint der Wirt, „aber ihr werdet auch sicher genug andere Dinge ins Geleise bringen müssen?" – „Ganz gewiß. Meine Arbeit wird nie zu Ende gehen. Besonders nicht, solange der Mordskerl von Klostermann existiert." Der Wirt fragt interessiert: „Wieso, Herr Sergeant, was Neues über den Wildschützen?" – „Na es ist lange Zeit von dem Burschen still gewesen. Und jetzt ist er wieder im besten Zuge. Überall, wohin ich komme, bläst man mir wieder die Ohren voll von seinen Streichen. Komme ich mit meinen Kollegen zusammen, dann sind bestimmt Klostermanns Taten das erste, worauf wir zu sprechen kommen. Sitze ich mit Grünröcken zusammen, dann hebt ein Gefluche und Donnerwetter an über diesen Burschen, daß er ihnen allenthalben im weiten Umkreis die besten Böcke aus dem Revier schießt. Und das Schlimmste ist: Trifft man Bauern und Bürger, so haben sie für seine Schandtaten nur ein Lächeln. Alle versuchen, seine schweren Wilddiebereien als belanglos und halb so schlimm hinzustellen, ja, nehmen offen und versteckt Partei für den Wildschützen, reden von Gerechtigkeit, und daß ein armer Mann auch mal Wildbret essen dürfe." Der Wirt tut wichtig: „Und jetzt reden sie, daß es zwei Klostermänner gäbe, daß der Wildschütz wohl mit dem Teufel im Bunde stehen müsse, daß er sich auf Zauberei verstände." – „Zauberei hin – Zauberei her!" schüttelt Polizeisergeant Aust ärgerlich seinen Kopf. „Und wenn es zwei solcher Burschen gäbe, und wenn sie ihn an drei Stellen zugleich gesehen haben wollen, und wenn ihm der leibhaftige Teufel zur Seite steht. – Gnade Gott dem Sünder, wenn ich ihn zwischen meine Fittiche kriege. Es ist noch nicht aller Tage Abend. Der Krug geht solange zu Wasser, bis er bricht!" Der Polizeisergeant schlürft ärgerlich sein Bier hinunter.

„Ich hörte," setzt der Wirt nach einer Weile die Unterhaltung vorsichtig fort, „der Klostermann ist auf dem Briloner Schützenfest gewesen und hat da tüchtig mitgefeiert?"

[/43/] „Ich habe da keinen Klostermann gesehen!" versetzt Aust, als ob er von einer giftigen Schlange gebissen sei. Dieses Schützenfest in Brilon hatte so etwas auf sich mit dem Klostermann. Er war schon vielfach auf die Behauptung gestoßen, Klostermann habe da eine glänzende Gastrolle gegeben. – Und das ärgert ihn, daß er immer wieder daran erinnert wird. Er verspürt keine Lust mehr, sich zu unterhalten, zumal der Wirt der einzige Partner ist und Gäste am späten Abend nicht mehr zu erwarten sind, die er hätte ausfragen können. Der Wirt wünscht ihm angenehme Ruhe und löscht das Licht. [/44/]

9.
EIN SCHUß

Nachdem die Novembernebel über dem Lande gebraut haben, der rauhe Winter alles in sein weißes Tuch gehüllt und trotz dräuender, trotziger Gebärden des grimmen Gesellen Held Frühling das sieghafte Scepter übernommen hat, ist der Sommer ins Land gegangen, um all seine Fülle über die Berge und Täler und – Schluchten auszugießen. Es ist wieder August geworden und September, die Scheunen sind voll der köstlichen Frucht aus der Aussaat im Frühling.

In leuchtenden Gewändern steht der Wald. Nie ist er so schön wie in diesen stillsonnigen Herbsttagen, nicht in der ersten luftigen Lenzpracht und nicht im vollen Schmucke des Sommers. Ein wundersames Farbenspiel leuchtet auf, wenn die Sonnenkugel heraufschwebt und wieder versinkt. In die heitere Symphonie bläst die schwarze Tannengruppe einen kraftvollen, ernsten Ton. Wie bald schon übertönt dieser Ernst alle anderen Klänge! Die Natur rüstet sich zum Abschiedsfest. Es gilt Abschied zu nehmen von Sommersonne, Leben und Freude. Scheiden tut weh, und scheiden macht lieb, darum schmückt sich die Erde wie zu einem Brautfeste und lächelt, in Herbstsonnenglanz gebadet, holdselig zum Himmel empor.

Im Forsthaus Mittelwald wird emsig an der Einbringung der Feld- und Gartenfrüchte geschafft. Vom frühen Morgen bis zum späten Abend sind alle draußen beschäftigt. Auch der Bub und das Mädel müssen nach Kräften mithelfen.

Alle freuen sich auf den Sonntag, der wahrlich einen Ausruhtag von harter Arbeit bedeutet. Nur am Sonntag kommt jetzt das jugendliche Spiel zur Ausführung.

Wenn auch am Sonntag sonst Hammer und Zange und Messer und Bohrer ruhen, so hat sie doch Förster Dalchow heute hervorgeholt, um den letzten Schliff an das kleine Gewehr zu legen, das er für seinen Sohn kunstgerecht fertigt. Des Jungen erstes Gewehr! Wie freudig schaut der seinem Vater zu! Er kann es garnicht abwarten, bis das Ding fertig ist. Und heute soll es schießbereit werden, zwar ohne Pulver, aber mit einem Pfeil, der die Tauben aus der Luft holen [/45/] wird. Der Kleine überstürmt den Vater mit Bitten: Ob er auch den Treff und den Waldmann mit hinausnehmen dürfe zur ersten Jagd, ob er auch schnell nach Blankenrode gehen und seine Schulkameraden als Treiber einladen solle, ob er auch Vaters große Jagdtasche umgehängt bekomme, und wo das Hasenbrot läge. Dem Buben Fritz geht es nicht schnell genug, bis er all seine Wünsche erfüllt sieht. Und wirklich! Das Gewehr ist fertig. Der Förster unterweist ihn in der richtigen Handhabung. So muß er laden, so muß er zielen, und so muß er schießen. Zwei-, dreimal geübt, und schon sitzt der spitze Pfeil in dem als Zielscheibe ausersehenen Buchenstamm. Der Förster gibt ihm Anweisung, wo er „jagen" soll, nicht weiter darf er gehen, als in den am Waldrand liegenden Kamp, damit ihn der Lehrmeister ja nicht aus den Augen verliert.

Ob die Hirsche und die Rehe wohl durch den kleinen Schützen in Angst versetzt werden?! Ob die Hasen nicht allesamt beim Anblick des kleinen Weidmannes Männchen machen und flehentlichst bitten: „Fritz, schieß uns nicht tot!" – Nein, so grausam ist der Fritz nicht. Er begnügt sich einstweilen damit, Blechdosen vom Zaunpfahl herunterzuschießen. Die Rolle des Treffs ist bei dieser ersten Jagd, die abgeschossenen Pfeile dem Buben prompt wiederzubeschaffen.

Mutter Dalchow und der Förster sehen dem Treiben des Jungen mit geteilten Gefühlen zu. Der Vater ist stolz darauf, daß der Sohn Spaß am Weidwerk hat. Er muß in seine Fußstapfen treten und Förster werden. Doch Mutter Dalchow hegt bei aller Liebe zu ihrem Gatten und seinem Beruf die Hoffnung, der Bube möge einen anderen Beruf ergreifen, nicht in der Waldeinsamkeit sein ganzes Leben zubringen. Was aus dem Kinde wohl wird? Wird aus dem Sonnenkind ein Sorgenkind? Werden düstere Schatten seinen Lebensweg begleiten, und wird er schließlich in Nacht und Dunkel schreiten, verelenden und versinken in dem Morast der Sünde, er, der Sonntagsjunge, der Eltern Stolz und leuchtender Sonnenschein, er, der der Mutter die Tränen des Grames aus den Augen wischte, ihrem Leben wieder einen Inhalt gab?

Banges Ahnen und zuversichtliche Hoffnung wogen in der Mutter Herz auf und klingen wieder ab. Das bange Ahnen wird genährt von der traurigen Erinnerung an den verstoßenen Sohn Hermann, dessen Bild in der Erinnerung der Mutter immer wieder auftaucht, dessen tränenschweres Gedenken [/46/] ihre sonnigen Glückstage überschattet. Gerade jetzt, beim Spiel ihres zweiten Sohnes, steigt die Erinnerung an den Sohn aus erster Ehe schmerzkündend in ihr auf.

Wie weiland Hermann spielte, so tollt sich auch jetzt Fritz. Wie einst Hermann lachte, so lacht auch jetzt Fritz in jugendlicher Unbekümmertheit und freut sich des Lebens ...

Da plötzlich – war das nicht ein Schuß – in weiter Ferne? Das scharfe Ohr des Försters und des Buben und der Mutter haben ihn allesamt vernommen. Welcher Sonntagsjäger mag ihn abgefeuert haben? Wes Flintenlauf streckte sich in den heiligen Sonntagsfrieden hinaus und spie vielleicht Tod und Verderben? Sollte – eine bange Ahnung durchzittert Frau Dalchow – sollte wiederum Hermann Klostermann verbotene Wege wandeln? Sollte er wieder in nächster Nähe von Mittelwald sein Handwerk treiben, fast unter den Augen seines Vaters, unmittelbar im Revier des Oberförsters von Hardehausen? Der ihm doch wie kein anderer mit allen Mitteln nachstellt, der über den Wildschützen die volle Schale seines Zornes ausgießt, wo immer er nur kann, der glühende Kohlen über seinem Haupte sammelt, um ihn vollends zu vernichten.

Am Spätnachmittag des folgenden Montags kommt der Holzbauer aus Hardehausen, just derselbe, der häufig im Holschenkrug zu Wrexen sitzt, diesmal von Stadtberge gefahren. Er hat einer Holzauktion beigewohnt, nicht um zu bieten, sondern nur um die Preise zu studieren. Er ist im Stadtberger Hof gewesen, hat allerlei Neuigkeiten gehört, die so von Mund zu Mund, von Dorf zu Dorf gehen, keine geschichtsumwälzenden Tatsachen, aber für Kleinstadt und Dorfbewohner und nur für diese interessante Begebenheiten sind um Personen und Dinge, die hier leben und wirken und passieren. Er ist auf eine Bierlänge auch beim Wirt Siewers in Westheim abgestiegen und ist, da er in Oesdorf etwas zu besorgen hat, den Umweg über Oesdorf und weiter nach Blankenrode zu gefahren. Der Weg ist schlecht, und wenn er nicht einen leichten Wagen benutzte und eine kräftige Stute, er würde einen ganzen Tag gebrauchen zur Fahrt nach Hardehausen. Schwere Holzfuhrwerke haben in den weichen

Waldbodenweg tiefe Furchen gezogen, teilweise klaffen Löcher, einen halben Mann tief, im Fahrweg. [/47/] Oft genug scheint es, als ob der Karren im Wege versinken und nicht mehr zum Vorschein kommen würde. Doch Pferd und Fahrer und Karren sind derartiges gewohnt und pflanzen sich mit einer den Umständen nach erstaunlichen Geschwindigkeit fort. Sieh – da ist das Gefährt schon in der Höhe der Bleikuhlen. Sieh' nach einigen Minuten schon schauen die Häusergiebel von Blankenrode aus dem leuchtenden Blättermeer hervor. Polternd fährt der Holzbauer in den nur aus einigen Häusern bestehenden Flecken ein. „Ei, ist das nicht Förster Hamann?" Noch kann er ihn nicht recht erkennen. Sein Garten ist's doch und auch seine Figur! Beim Näherkommen fährt der Holzbauer dicht an den Gartenzaun. Richtig! Es ist Förster Hamann, der noch beschäftigt ist, Birnen von den Bäumen zu brechen. „Guten Abend, Förster – so spät noch bei der Arbeit?" ruft er über den Zaun hinüber, nachdem er Pferd und Wagen zum Stehen gebracht. Der Förster tritt an den Zaun. „Ei sieh da, der Holzbauer aus der Nachbarschaft Hardehausen!" Ein kräftiger Händedruck bekräftigt die freundlichen Begrüßungsworte. Ihr habt's doch gut, Holzbauer! Ihr habt Eure Scheunen voll und nun geht Ihr auf den Holzhandel, um Hunderte von Talern ohne viel Mühe zu verdienen. Ihr werdet noch mal Millionär – und unsereins muß sich quälen und abrackern von morgens früh bis abends spät, und der Verdienst? Der reicht kaum aus, die Familie durchzubringen." – „Ich weiß, ich weiß, Förster, Ihr habt's nicht leicht – aber verhungern braucht Ihr noch nicht. Und wenn Euch was fehlt, Ihr wißt ja, wo ich wohne. Ihr seid der Erste nicht, dem ich helfe." – „So ist's nicht gemeint, Holzbauer," erwidert der Förster. „So schlimm steht's mit uns noch nicht, daß wir Gelder aufnehmen müssen, um durchzukommen. Aber Ihr hört's doch auch von meinen Kollegen, – alle klagen sie über viel Arbeit und wenig Verdienst." „Und der gestrenge Herr Oberförster macht Euch den Dienst wahrlich nicht leicht, Förster Hamann?" sucht der Holzbauer aus dem Unterbeamten herauszuforschen, da er mit dem Oberförster von Wrede aus Hardehausen, seinem Nachbarn, auf Kriegsfuß steht und weiß, daß der Oberförster bei seinen Untergebenen nicht als ein beliebter Vorgesetzter gilt. Der Förster hat jedoch keine Veranlassung, dem Holzbauern aus Hardehausen sein Herz auszuschütten und weicht der Beantwortung der Frage aus durch den Hinweis auf das schöne Herbstwetter und die gut geratenen Birnen. „Ja, das bißchen Obst muß hier sorgsam [/48/] gehütet und beizeiten abgenommen werden, sonst bekommt es Beine", meint der Förster. „Auch bei uns wird das Obst jetzt gestohlen nach allen Regeln der Kunst. An Wegen und in Gärten, selbst dicht beim Hause, ist es nicht sicher.

Na, wenn's einige Birnen sind, dann geht's noch – aber das Wild – das Wild wird massenweise weggeschossen. Der ... der Klostermann ist wieder am Werk". Der Holzbauer beobachtet bei diesen Worten den Beamten mit boshaften Blicken; weiß er doch, daß schon der Name Klostermann den Beamten ärgert. „Er soll sich nur nicht zu frech machen!" gibt der Förster gereizt zurück. „Es wird ihm sicher bald mal aufs Butterende fallen, diesem Burschen. Wir dulden's nicht länger, sein Treiben." Der Holzbauer lacht: „Fangt ihn doch, den flinken Hasen und den schlauen Fuchs, der jede Grube kennt, jeden Weg und Steg und jeden hohlen Baum!"

In diesem Augenblick kracht aus der Ferne her ein Schuß; durch die ringsum herrschende tiefe Stille rollt das Echo.

„Was war das?" fragt der Holzbauer. „Ein Schuß," antwortet der Förster. „Er kam aus der Gegend vom Hirschstall am Mittelberge." „Jagd dort?" fragt interessiert der Holzbauer. „O bewahre," lamentiert der Förster, der beim Hören des Schusses seine Uhr gezogen hat; „fünf Minuten vor sechs," sagt er leise vor sich hin. „O bewahre," fährt er laut fort. „Jagdtag ist heute nicht. Die beiden Forsteleven waren vor kurzer Zeit noch hier. Sie gingen, um mit dem Oberförster eine Inspektion zu halten und denken nicht an Jagd und Schießen. Es ist sicherlich ein Wildschütze, der den Schuß abgab. Gnade ihm Gott, wenn ich ihn fange, der uns den Waldfrieden stört!" Der Holzbauer zieht die Zügel an, sein Plauderstündchen ist zu Ende, er muß heimwärts: „Gute Nacht, Herr Förster!" – „Gute Nacht, Holzbauer, gute Fahrt!" schallt's zurück. Der Wagen rollt davon und Förster Hamann geht ins Haus. „Die Bauern sind Klostermanns Freunde," spricht er vor sich hin, „wären seine Freunde nicht so zahlreich, wir hätten ihn sicher schon. – Wer mag denn da geschossen haben?

Wäre es Jagd, dann müßte ich's wissen. – Die Eleven gingen nach jener Richtung hin – will es mir doch anmerken."

Er macht einen Strich auf den Wandkalender, der über seinem Schreibtische hängt.

Und der Holzbauer fährt gen Hardehausen zu in den dämmernden [/49/] Abend hinein. Bald sieht er die Umwallungen der alten Stadt Blankenrode zu seiner Rechten im Abendschatten. Da steigt ein fernes Rufen hinter dem Walde empor, man weiß nicht, ist es ein Jauchzen oder ein Klagen. Ein Klagen über die vergangene Herrlichkeit könnte es sein, ein Klagen um das verschwundene Schloß mit seiner Pracht und seinen Zinnen und Türmen. Ein Klagen ist's vielleicht um die Zerstörung der Burg und der festen Stadt Blankenrode durch den Waldecker Grafen anno 1395. Oder ist es ein Rufen aus grauer Vorzeit über den eine halbe Stunde im Umfange messenden Waldplatz, auf dem die Kultur von Jahrtausenden gewechselt hat, ein Rufen über die uralte Stätte hin, gegen die die alten, moosbewachsenen Buchenstämme, die den ehemaligen Burgplatz durchwurzeln, wie Eintagsgeschöpfe erscheinen? Der Holzbauer meint an dieser alten Kultstätte im Dämmerlicht der versinkenden Sonne die weise, ehrwürdige Drude mit dem Runenstabe, die urwüchsigen Sachsen, Frauen und Kinder am Opferstein zu sehen. ... Der Holzbauer meint den stillen, heiligen Ort dann mit Kriegsvolk angefüllt zu sehen, wo Männer und Weiber für Freiheit und Ehre, für ihr Heiligtum und ihre Götter streiten. Wo jetzt der schweigende Wald wurzelt, da lag in jener Zeit die Not und die Verzweiflungskraft der alten Sachsen zusammengeschart, mit den Römern und den Vernichtern ihres Heiligsten, den Franken ringend. ... Der Holzbauer meint, aus dem Ruf der Klage die Tränen des Schmerzes und der Wut herauszuhören, die Not, das Elend und die Verzweiflung, als der Feind die Schanze belagerte und endlich die Wälle erstieg. Der Wald schweigt darüber ... Doch das Rufen klingt näher. Was ist's? Da hebt sich eine lange schwankende Reihe von schwarzen Punkten an dem Himmel, und heller und lauter wird der vielstimmige Ruf, die Kraniche sind's, die südwärts ziehen. Wie ein bedeutsames Symbol schwebt die flügelnde Linie über der buntfarbigen Welt – von dannen, – dahin, dahin!

Der Holzbauer durchfährt den Papengrund. Die Sonne ist hinter den Wäldern verschwunden, sie hat Abschied genommen von einem goldigen Herbsttag. Der heimfahrende Bauer überdenkt nochmals das am Tage Gehörte und Erlebte. Es kommt ihm im Dämmerlicht so vor, als sehe er hie und da eine Gestalt, die ihm wohl bekannt ist, eine Gestalt, die wie der Klostermann, der Wildschütz, aussieht. Bei dem Gedanken an den kecken Sohn der Wälder ist der Holzbauer doch [/50/] nicht ganz von Furcht frei. Jedesmal bei dem Gedanken an ihn greift er unwillkürlich nach der schweren Geldkatze, die er um seine Hüften geschnallt hat, die viele Hundert blanker Taler enthält. Der Wildschütz könnte ... sehr wohl nicht allein die Waldtiere abtun, ... er könnte vielleicht auch ... bei aller Sympathie, die er wie so viele für den kecken Sohn der Wälder hegt ... sich auch an Menschen im Eifer des Gefechtes vergessen und vergreifen, sie ihrer Barschaft berauben. Doch nein! Derlei Sachen hat man von dem Wildschützen überhaupt noch nicht gehört. Im Gegenteil: Er ist als gütiger, mildtätiger Mensch bekannt, der nur mit der Leidenschaft der Wilddieberei behaftet ist. Eine Gewalttat hat er noch nicht vollbracht, und die Meinung der Leute geht dahin, daß er zu einer solchen auch nicht fähig ist.

Dem Holzbauern ist's, als ob im Dämmerlicht des Herbstabends die Gestalt des Wildschützen über die Lichtung schreite und ihn den ganzen Weg bis nach Hardehausen begleite. je weiter es dunkelt, je weiter er kommt, desto fester hält der Holzbauer seine Geldkatze mit den vielen blanken Talern. [/51/]

10.
DER OBERFÖRSTER

Des Oberförsters Revier ist groß. Des Oberförsters Beamten und Untergebene sind nicht wenige. Des Oberförsters offensichtliche Strenge ist weit und breit gefürchtet. Seine Nachbarkollegen, die von Dalheim, Bredelar und Rhoden sind weit beliebter bei den Förstern und den Holzhauern und dem Volk als Oberförster von Wrede aus Hardehausen.

Auf der Oberförsterei besteigt der gefürchtete Forstbeamte das ihm von seinem Knechte bereitgehaltene Pferd, setzt sich in den Sattel, packt die Reitpeitsche fest, setzt seine Pfeife in Brand und trabt langsam den Wald entlang, der in den Bezirk Mittelwald führt.

Er schaut sich um und scheint etwas zu suchen.

„Zum Donner nochmal! Wo mögen denn die beiden wieder stecken?" Der Oberförster sagt es leise vor sich hin. Er hat nämlich seine beiden Forsteleven Ritter und Berendes ebenfalls zur Revierbesichtigung zum Distrikt Mittelwald beordert. Ihm geht es durch den Sinn: Sie mögen wohl drunten beim Hirschstall etwas zu notieren haben. Oben am Mittelberge werde ich sie wohl finden.

Er lenkt sein Pferd bald hierhin, bald dorthin durch das Stangenholz mit einer Geschicklichkeit, die nur dem Kenner des Waldes eigen ist. Jetzt ist er auf einem Waldweg, dann wieder in einer Holzung, dann reitet er über eine Waldwiese, auf der der zweite Grasschnitt noch nicht vorgenommen ist, dann gibt er seinem Pferde die Sporen und setzt über einen Merkgraben.

Das ist sein Inspektionsritt durchs Revier Mittelwald. Er untersucht dabei die Marken der zum Fällen bestimmten Bäume, revidiert die Schonungen und rechnet in großen Zügen die zusammengestellten Klafter flüchtig nach. Dieser Inspektionsritt und die damit zusammenhängenden Besichtigungen und Berechnungen nehmen den Herrn Oberförster derart in Anspruch, daß er kaum bemerkt, daß die Sonne bereits hinter den waldigen Bergen versinkt. Er achtet nicht darauf, daß die Strahlen der untergehenden Sonne die Fichtenstämme so rot färbt, als wären es lauter glühende Eisenstangen. [/52/] Er reitet weiter in dem Revier. Es ist still, nur das Kreischen einzelner Nachtvögel verkündet, daß noch Leben in dem Gestrüpp und Gezweig ist. Die Schatten werden länger und hüllen bereits einige Waldpartien in ihre dunklen Mäntel. Kein Lüftchen rührt die Buchenzweige, und doch fallen die Blätter unaufhörlich eins nach dem anderen, bloß durch ihre eigene geringe Schwere gelöst. Für den sanften schaukelnden Goldregen des fallenden Laubes hat der Oberförster heute kein Auge, ihn interessiert heute nur die wirtschaftliche Seite des Waldes. – Es ist doch etwas Selbstverständliches, daß sich die Blätter zur Herbstzeit von dem Baume lösen. Die Blätter opfern sich eben für den Baum, sie fallen ab. Sie haben im Frühling und Sommer kräftig am Bau des Baumes mitgearbeitet. In den Werkstätten der Blätter wird ja jene geheimnisvolle Arbeit verrichtet, wodurch die durch die Wurzeln im Wasser zugeführten Nährstoffe mit dem Kohlenstoff der Luft zu einem brauchbaren Baumaterial für die Pflanze verbunden werden. Dabei lassen die Blätter das Wasser verdunsten. Das gehört dazu, wie der Rauch aus den Schloten zur Fabrik gehört. Die Wurzeln müssen für neue Feuchtigkeit sorgen, das ist ihre Sache. So läuft die Arbeit glatt weiter, auch in trockenen Sommertagen. Nun kommt der Herbst mit langen, kühlen Nächten, die Kühle dringt in das Erdreich und wird den empfindlichen Wurzeln unbehaglich. Immer lässiger verrichten sie ihre Arbeit, denn sie brauchen Wärme und finden sie nicht mehr, und zuletzt streiken sie. Was nun? Da opfern sich eben die Blätter, die nicht warten, bis die letzte Feuchtigkeit verdunstet und der ganze Baum trocken wäre, Zuvor schaffen sie ihr wertvollstes Material, zumal Stärke und Eiweiß, zurück in den Stamm und speichern es dort auf, damit es im Frühjahr zum Aufbau der jungen Zweige, Blätter und Blüten verwendet werden könne.

In dieser Selbstentäußerung altert und vergilbt das Blatt, es verliert alle Kraft und sinkt ins Grab. Was anders ist der herbstliche Laubfall als eine Selbsthilfe des Baumes, der seinen schönen Schmuck opfert, um sein Leben zu retten vor der Gefahr des Verdurstens.

Der Oberförster hat heute keine Zeit, über den Opfertod der Blätter Betrachtungen anzustellen, dazu ist sein Inspektionsritt nicht da.

Von dem Diemeltal her steigen Nebel auf, die sich quer über den Waldweg lagern. Er vermag die entfernteren Punkte nicht mehr zu unterscheiden – er muß [/53/] an den Heimweg denken. Sein Geschäft hat die Dunkelheit beendet. Er lenkt deshalb das Roß herum. Er ist näher nach Oesdorf zu als nach Hardehausen. Er gibt seinem Rosse die Sporen, das sich beeilt, so gut es die Wegeverhältnisse ermöglichen, den Reiter schnell heimwärts zu tragen.

Die Dämmerung ist auf dem Punkte, sich zur Nacht zu gestalten, – da hemmt der Oberförster den Gang seines Pferdes und sieht scharf auf die Waldstraße. Bei diesem Ausschauhalten entdeckt sein geübtes Auge die Gestalt eines Mannes, der etwa 80 Schritt von ihm entfernt ist und geradenwegs auf ihn zuschreitet. Es scheint ihm ein hochgewachsener Mann zu sein, der mit einer Joppe bekleidet sein mag. – Wer kann das sein? An sich darf dem Oberförster das ja gänzlich gleichgültig sein; denn ein Waldspaziergang steht ja für jeden offen, im Sommer und Winter. Aber – böse Gedanken fahren ihm durch den Kopf, als der einsame, hoch gewachsene Wanderer plötzlich einen Seitensprung macht ins Dickicht hinein. Jetzt kommt ihm die Person verdächtig vor. Mit raschem Entschluß spornt er sein Pferd zum Galopp an und jagt auf die Stelle zu, wo der Mann verschwunden ist. Er hält vor dem Dickicht – es ist unterhalb des Mittelberges beim Hirschstall – und ruft laut und kräftig durch den abendstillen Wald: „Wer da?" – Nach einer Weile knistert es im Unterholz des Dickichts und eine Stimme ruft heraus: „Zurück! – oder ich gebe Feuer!" Das ist eine Sprache in fremdem Dialekt. Ein gellender Pfiff, den der Oberförster kunstgerecht auf seinen Fingern tut, ist seine Antwort. Von Wrede will durch den Pfiff die Forsteleven aufmerksam machen, die er in der Nähe vermutet. Niemand rührt sich. Die Hilfe der Eleven erscheint nicht. Kühn und entschlossen, wie der Oberförster immer ist, gibt er seinem Pferde die Sporen. Mit starkem Ansatz setzt er über den Graben. Er dringt mit dem Pferd ins Dickicht ein, das im Halbdunkel liegt.

Er setzt vielleicht sein Leben aufs Spiel; denn die Gestalt, die sich darin verbirgt, kann keine gute Absicht haben. Aber der Oberförster von Wrede dringt weiter vor.

Er nimmt sein Roß fest in die Zügel und steuert geradenwegs auf die Stelle zu, wo er die seltsame Stimme vernahm. Hier muß doch die Stelle sein, wo der Bursche war! Sein geübtes Ohr täuscht ihn doch nicht im Schätzen von Entfernungen! Und doch ist die Gestalt nicht hier. Sie muß, schnell und behende wie ein Stück Wild, schon weiter sein. [/54/] Auch der Oberförster reitet flugs weiter. Ha! Da huscht sie her, flink wie ein Reh. Ha, da ist sie schon weiter und immer entfernter im Dickicht.

Der Oberförster gibt seinem Roß nochmals die Sporen, auf daß es sich spute, die Gestalt einzuholen.

Da schrillt dicht neben ihm im Gebüsch aufs neue der freche Ruf: „Wilddieb hier! Weg da! Oder ich gebe Feuer!"

Von Wrede setzt wiederum sein Pferd an, – da vernimmt er ein Geräusch – er kennt es nur zu gut – es ist das Knacken eines Gewehrhahnes. Der Oberförster dringt unerschrocken und unentwegt vor, – da blitzt es hell auf im Gebüsch, ein Schuß fällt, Blei saust heran, – ein stechender Schmerz fährt durch des Oberförsters Kniegelenk, – hoch aufbäumt sich das Roß und der verwundete Reiter sinkt aus dem Sattel. – Dumpf schreit der Getroffene auf und fällt zu Boden in das verwirrte Gezweig und Gestrüpp.

Den Schuß und den Schmerzensschrei haben die beiden Forsteleven vernommen. Sie waren nicht weit. Flugs eilen sie, von böser Ahnung getrieben, an die Stelle, woher Schuß und Schrei kamen. Schon sind sie da.

Berendes und Ritter rufen wie aus einem Munde: „Um Gotteswillen, Herr Oberförster, ein Mordanfall!" – „Helft! Helft mir auf die Beine!" stöhnt der Verwundete, „mein Knie, mein Knie!" – „Wer hat geschossen?" fragt der eine. „Wohin ist er?", fragt der andere. „Dort – in dem Holze – ein Wilddieb!" gibt der Oberförster, von Schmerzen gepeinigt, schwach zurück.

Ritter hält das Pferd. Auch das ist durch den Schuß verwundet. Blut tropft aus der Weiche. – Beide helfen dem Oberförster auf, mühsam schleppt man ihn weiter, aus dem Dickicht heraus, das blutende Pferd hinterdrein, auf den Waldweg, in die heraufziehende Nacht, nach Hardehausen zu. Der Weg zieht sich durch den Transport des Verletzten dreimal so lang hin. Oft müssen die beiden Träger halt machen, die schwere Last absetzen, sich ausruhen, um ihren Vorgesetzter, trotz der durch die Verwundung gebotenen Eile langsam ans Ziel zu bringen.

Spät abends kommt der kleine Zug erschöpft in der Oberförsterei an. Frau und Kinder des Beamten geraten beim Anblick des Verletzten in größte Bestürzung, die gesamte Dienerschaft ist trotz der späten Abendstunde wieder auf den [/55/] Beinen. Der schnellste unter ihnen hat sich schon nach Rhoden aufgemacht, zum Doktor Baruch, der ärztliche Hilfe leisten muß. Unterdessen mühen sich alle in des Oberförsters Hause um den Verwundeten, dessen Schußverletzung sehr schmerzt.

In kurzer Zeit schon kommt der Arzt mit seinem leichten Jagdwagen angefahren. Bei der Untersuchung der Wunde finden sich am linken Unterschenkel 7 bis 8 runde Wundlöcher. Sie bluten immer noch stark. Aus einer Wunde holt Dr. Baruch ein plattgeschlagenes Pulverkorn. „Ein Schrotschuß ist es gewesen, der in ziemlich kurzer Entfernung abgefeuert wurde," entscheidet der Arzt. „Sie können es am besten wissen," stöhnt der Oberförster auf. „Sie sind doch selbst großer Jagdliebhaber." Ja, Dr. Baruch ist in der Tat ein guter Weidmann, der um Rhoden eine große Jagd gepachtet hat und in seiner Freizeit dem Weidwerk mit seinen Freunden obliegt.

Der Arzt verbindet die Wunden, ordnet Ruhe an und stellt baldige Genesung in Aussicht, da die Wunden bei der gesunden Verfassung des Oberförsters sicherlich bald heilen würden, obschon niemand voraussagen könne, ob nicht die Schrotkörner im Innern eine Entzündung hervorrufen würden, und obschon sich auch eine Verletzung des Knochens herausgestellt hat.

Der Oberförster, die Forsteleven, die Gattin, der Arzt, die Förster, die Dienerschaft, sie alle erschöpfen sich in Mutmaßungen über die Person des Täters. Sofort taucht selbstverständlich der Name des berüchtigten Wildschützen Klostermann auf, der von fast allen als der mutmaßliche Täter bezeichnet wird.

Doch dem widerspricht der verwundete Oberförster: „Ich zweifle entschieden, daran, daß Klostermann der Täter war. Ich kann nicht angeben, wie die Gestalt aussah – das Dämmerlicht ließ mich den Kerl nicht genau erkennen. Und auch – ich will nichts Bestimmtes sagen – ich habe eben andere Leute in Verdacht – hier sind die Bauern auch nicht alle sauber." Auch Dr. Baruch muß bei weiterem Ueberlegen zugeben: „Ich hörte heute noch im Holschenkrug bei Wrexen erzählen, daß der Klostermann im Waldeckschen bei Orpethal gewildert haben soll – und er kann doch nicht in solch kurzer Zeit hierher gekommen sein!" Auch das leuchtet den meisten ein; aber der alte Förster Brune aus [/56/] Hardehausen meint doch: „Dem Klostermann wär's schon möglich, der läuft die Meile in zwanzig Minuten." – „Zum Donner nochmal!" ruft empört der Ober-förster und will aufspringen, doch zuckt es bei dem Versuch in all seinen Gliedern wegen des Schmerzes. „Zum Henker! Der Kerl wird doch nicht hexen können?!" Der alte Brune erlaubt sich jedoch trotz des Zornesausbruches seines Vorgesetzten noch zu erwähnen: „Ich meine nur, es trifft alles zusammen, was man von dem Klostermann so hört: seine Schnelligkeit, dann die ganze Sache, die mit Euch heu-te vorging, – und die fast so ist, was ich im Jahre fünfundsechzig mit dem Wildschützen erlebte.

Der Arzt befiehlt, den Oberförster jetzt nicht weiter zu erregen, den der Schmerz allmählich matt macht.

Dr. Baruch verabschiedet sich, um durch die dunkle Nacht wie-der heimwärts zu fahren. Im Forsthause der Oberförsterei trifft er mit dem alten Brune zusammen. „Wie war das doch im Jahre fünf-undsechzig?" fragt er Ihn. „Fast wie heut!" sagt Brune, „ich bin nicht des Oberförsters Meinung, daß Klostermann schuldlos sei. Ich mei-ne, es kommt ihm auf Menschenblut auch nicht an. Wir suchten ihn damals lange genug. Endlich – es war im Juli – da treffe ich auf ihn, wie er aus dem Cansteiner Forst kommt. Er läuft quer durch die Saat. „Halt da! Stehen bleiben!" rufe ich. Blitz noch mal! Blitzschnell schlägt er den Kittel auseinander und sein Gewehrlauf blitzt mir entgegen. Im nächsten Moment hat er auch das Gewehr an der Schulter und im Anschlag. „Bleib stehen!" ruft er – „Oder du kriegst die Kugel!" – Ich machte es wie heut der Oberförster und blieb nicht stehen, sondern ging drauf los. „Zurück!" rief er, „oder du liegst im nächsten Tempo auf der Nase!" Ich konnte nun nicht weiter, – weil ich kein Gewehr hatte und – drei Minuten später war er verschwun-den." Der Doktor schüttelt das Haupt: „Ein verfluchter Kerl, dieser Klostermann, – er schlüpft wieder durch; denn wenn der Oberförster selber im Zweifel ist, ihn nicht erkannt hat, so werden sie ihm auch diesmal nichts anhaben. Dazu kommt noch das Schwanken in den Zeitangaben. Er schlüpft sich wieder durch die Maschen des Geset-zes … und er muß doch endlich mal einen gehörigen Denkzettel kriegen." „Den Denkzettel hat einstweilen der Oberförster" meint abschließend der alte Brune. – Dr. Baruch fährt in die dunkle [/57/] Nacht hinaus. Mitternacht ist schon längst vorüber. Er lenkt das Pferd rasch und sicher durch den tiefen Forst Hardehausen und ist schon bald an der Grenze des Rhoder Forstes, wo der Klostermann heute noch gejagt haben soll. Wo der Kerl wohl stecken mag? – Ob er denn tatsächlich dem Oberförster eins ausgewischt hat?

Dem Doktor will der Wildschütz heute nicht aus dem Sinn. Es ist ihm der kecke Bursche immer mehr interessant. Er hatte ihn auch schon einmal behandelt. Für ihn als Arzt ist ja jeder leidende Mensch da, ohne Rücksicht darauf, welchen Standes der Kranke und wes Geistes Kind er ist. Er erinnert sich heute auch der Einzelheiten: Der Wildschütz war krank, er hatte ihm seine ärztliche Hilfe angedeihen lassen, und als der Wilderer genesen war, verlangte er von seinem Arzte die Rechnung. Doch er, der Dr. Baruch, hatte einen prüfenden Blick auf die Umgebung des Kranken, auf das ärmliche Lager des Wildschützen geworfen. Er hatte nicht ohne Interesse den schönen, kraftvollen Mann betrachtet und dann gesagt: „Von so armen Leuten nehme ich niemals Zahlung." Doch diese seine Gutmütigkeit hatte den Wilderer gewissermaßen verletzt. Er hatte sich in seiner ganzen Größe emporgereckt und dann gesagt: „Herr Doktor, ich weiß, Sie sind ein Jagdliebhaber – und da Sie mir keine Rechnung machen wollen, so muß ich Ihnen Ihre ärztliche Hilfe eben auf andere Weise vergüten. In Ihrem Jagdrevier, da steht ein Rehbock, wissen Sie, ein Prachtexemplar, den werde ich Ihnen lassen." Dr. Baruch hatte da-mals nicht gewußt, ob er zürnen oder lachen solle. Und auch heute, als ihm auf seiner Heimfahrt dies von dem Wildschützen einfällt, findet er in den dreisten Worten immer wieder eine neue Bestäti-gung dessen, was die Leute überall aussprechen: daß Klostermann die ganze Gegend mit allem lebenden Inventar als sein Eigentum betrachte.

Bei der nächtlichen Fahrt durch den Forst nach Rhoden will dem Arzt aber auch der Gedanke nicht aus dem Kopf – trotz des Zweifels, den der Oberförster selber hegt –, daß Klostermann, der berüchtigte Wildschütz, dem Attentate gegen den Oberförster nicht ganz fremd sei. [/58/]

11.
DER ATTENTÄTER

Als der Schuß auf den Oberförster gefallen ist, da rauscht es in den Zweigen gegenüber von der Stelle, aus der der Schuß gekommen ist – die Forsteleven kommen heran – ein Gewimmer schlägt an das Ohr eines stämmigen Mannes, der im Dickicht am Boden kauert. Mit einer grauen, mit grünem Kragen versehenen Joppe bekleidet, hält er die Doppelflinte schußbereit, noch ist der linke Lauf warm von einem eben abgefeuerten Schusse – der rechte Lauf ist noch geladen und für den nächsten Angreifer reserviert. Der Schütze wartet in geduckter Stellung einige Minuten, – aber eine Verfolgung setzt nicht ein. Die Forsteleven sind mit dem Oberförster beschäftigt, der verborgene Schütze hört, wie sie ihn bedauern, wie sie das Pferd untersuchen und den Oberförster dann fortschleppen.

Jetzt erhebt sich Hermann Klostermann, der vielbesprochene Wildschütz. Ganz dunkel ist's inzwischen geworden im Walde, und ganz still ist's geworden ... bis auf das Niederschweben der fahlen Blätter, die kaum merklich den Boden berühren ..., bis auf das heisere Rufen einiger Nachtvögel, die sich frostig in ihre warmen Nester zurückgezogen haben.

Doch wozu braucht der Wildschütz Licht! Kennt er doch jede Wurzel, jeden Baumstumpf, jeden Weg und Steg in seinem großen Revier, – weiß er doch genau, wo in dem dunklen Forst die Nachtvögel nisten, deren Rufen ihm den Weg weist.

Aber die unsagbare tiefe Stille ist ihm nie so unheimlich, so bedrückend vorgekommen. Der Wildschütz schreitet hastig durch die Finsternis, er kriecht unwirsch durch das unwirtliche Dickicht, – sein Atem ist keuchend, seine Brust arbeitet heftig, als wollte sie zerspringen. Diese unheimliche Stille bedrückt ihn, der so ganz allein im Revier ist, wie noch nie. Sonst kann er tagelang allein sein mit sich und dem tiefen Wald, ob dieser sonnendurchflutet ist oder in dunkler Nacht liegt. Sonst fühlt er sich wohl und seelenvergnügt, wenn er allein im dunklen Tann wandern und schleichen und jagen kann. Aber heute, ... da zeigt der Wildschütz nicht mehr [/59/] die trotzige Miene, da funkelt nicht mehr sein Auge in heller Lust.

Er wirft ängstliche Blicke nach oben, er schaut um sich, als ob ihn eine Menge Häscher von allen Seiten verfolgte. Er kommt sich vor wie ein gehetztes Stück Wild, das in jedem Augenblick die mörderische Kugel erlegen kann.

Sonst keucht er unter der Last eines feisten Bockes, aber im Innern froh, daß er den Förstern wieder ein Schnippchen geschlagen. Heute drückt seinen Körper eine innere Schwere, macht seine Glieder fast lahm, daß er sich nur mühsam fortbewegen kann. Heute drückt ihn eine schwere, zentnerschwere Last, heute schlägt ihm sein Gewissen in allen Hirnen und Gliedern.

Heute hat er nicht Rehwild gejagt oder einen feisten Hasen erlegt, – ein Mensch ist's, den er getroffen, einen hohen Beamten, der ihn von amts- und rechtswegen verfolgt. Menschenblut hat er vergossen. Menschenblut! – Welch furchtbares Wort, das bisher in seinem Wortschatz noch nicht verzeichnet steht. Menschenblut! Dieses furchtbare Wort rüttelt und schüttelt den baumstarken Mann vom Kopf bis zu den Füßen. Das Herz schlägt ihm in bangem, stürmischen Pochen fast bis zum Halse heraus. „Ich wollte das Pferd doch nur treffen, – es war mein Wille nicht, – warum kam er mir auch so nahe," so geht es in seinem Gehirn, so sagt er sich's immer wieder, um seine Tat zu beschönigen, deren Folgen er sich noch garnicht ausmalen kann.

Er wird diesen unglücklichen Schuß büßen müssen, wenn auch die irdische Gerechtigkeit den Beweis, daß er der Schütze war, nur schwer wird führen können. Der Oberförster wird ihn zwar vermutet, aber nicht erkannt haben. Doch das allein ist ihm nicht genug.

Er muß versuchen, einen Alibi-Beweis beizubringen. Das hat der Wildschütz bei früheren Verhören und Verurteilungen zur Genüge gelernt. Wenn er beweisen kann, daß er um jene Zeit, wo der Schuß auf Wrede fiel, nicht im Walde, sondern in Westheim gewesen ist, – dann ist es nach seiner Meinung fast unmöglich, ihn durch die irdische Gerechtigkeit zu belangen, ja, es ist dann überhaupt unmöglich, ihn zu verurteilen, denn der Oberförster kann ihn in der Dämmerung nicht genau erkannt haben, es kommt ja, – der Wildschütz weiß das ganz genau – auf den Eid an, und der Oberförster ist ein ganz gewissenhafter Mann, er beschwört [/60/] nichts, was er nicht ganz deutlich gesehen hat. So geht's in seinem Schädel hin und her.

Einen Alibi-Beweis muß er führen! Dieser Gedanke hat alle anderen Zweifelsgedanken mit einemmal verjagt. Dieser Gedanke nimmt plötzlich die bleierne Schwere von ihm, die eben noch all seine Bewegungen hemmte.

Und blitzschnell läuft der Wildschütz, dem die Leute ja eine übermenschliche Schnelligkeit nachrühmen, in der Finsternis gen Westheim zu. Keuchend und prustend wie ein gestochener Eber stürmt er durchs Gehölz in die Schonung, durch Sumpf und Schilf, – durch den Röhricht des kleinen Sees, – über Felsgestein und Felsen ins Tal hinab. Die aufgescheuchten Tiere kümmern ihn heute nicht, sie machen ihn nicht lüstern. Der Wald beginnt lichter zu werden, die Baumgruppen werden spärlicher, jetzt zieht sich nur noch eine schmale Linie Fichten am Waldsaume hin, dahinter dehnt sich freies, abgeerntetes Feld. Rechts und links laufen wieder Waldstrecken und Höhenzüge hin und zwischen diesen liegt ein Ort, ihm wohlbekannt.

Mit fast übermenschlicher Kraft und Schnelligkeit rast der Wildschütz querfeldein, durch Gräben, über Hecken und Zäune. Da blinken schon aus nächster Nähe die Lichter der Häuser Westheims auf, da hört er die Abendglocke klingen. „Sechs Uhr!" jubelt es in ihm auf. „Das heißt gelaufen. Sie werden es nicht begreifen können, daß man am Hirschstall bei Blankenrode auf einen Beamten um dreiviertel auf sechs Uhr schießt, und um sechs Uhr in Westheim sein kann." Er muß etwas verschnaufen von seinem rasenden Lauf, eine, zwei Minuten Rast haben. ... Dann setzt er die eilige Wanderung fort.

Klostermann wohnt in Westheim. Es kennt ihn fast jedes Kind. Aber es ist notwendig, daß die Leute ihn sehen. Drum hinein ins erste beste Haus! Da wohnen Fleckners. Die sitzen ruhig in ihrem Zimmer, da pocht es draußen an. Fleckner geht zur Haustür und öffnet. „Jemine - der Klostermann!" ruft er erschrocken. Vor ihm steht der große, schlanke Wildschütz in der grauen Joppe, – unter dem Arm sein Jagdgewehr. Frau Fleckner und die Kinder eilen auf dem engen Flur zur Haustür. Sie erschrecken über das Aussehen des Wildschützen, der häufig zu ihnen kommt, aber noch nie so verstört ausgesehen hat. Eigenartig auffallend ist heute sein Wesen. Aber Klostermann faßt sich schnell. [/61/] Er tritt in die Küche, die zugleich

Wohnstube ist. „Bin heute garnicht im Walde gewesen," sagt er und setzt sein Gewehr fort in eine Ecke, „hab mich verspätet." – „Ja, ja, es ist dunkel draußen," meint Frau Fleckner, „mich gruselt es bei diesem Wetter draußen." Sie legt einen Holzscheit in den ärmlichen Küchenherd, lädt den Wildschützen zum Sitzen ein und fährt dann fort: „Euch gruselt's ja nicht in Wind und Wetter, und Ihr seid vor dem Teufel nicht bange, Klostermann!" Der Wildschütz lacht auf: „Ich bin an die Dunkelheit gewöhnt – doch, was mag die Uhr sein?"

Wie sollen aber Fleckners, die arme Leute sind und keine Uhr haben, wissen, wieviel Uhr es sei! Klostermann sieht unruhig in der Stube umher, von einem zum anderen. Doch mit Selbstbefriedigung stellt er fest: „Es ist sechs Uhr!" und steht auf. Dem widerspricht Fleckner instinktiv. „Nein, Klostermann, es muß mehr sein. Gewiß ist es sechs und ein Viertel." – „So kann ich heute nicht mehr in den Tengeschen Forst gehen," brummt der Wildschütz. „Es geht auch so nicht mehr – da, seht her – meine Hosen sind kaputt und müssen unbedingt geflickt werden." Er zeigt der Frau des Hauses eine schadhafte Stelle. „Dem Unglücke wollen wir schon abhelfen", meint lachend Frau Fleckner, „wir bessern sie gut aus." Klostermann steckt sich am Feuer des Herdes seine Pfeife an, macht einige kräftige Züge. „Na", meint er dann, „ich wollte bloß bei Euch heut Abend mal vorsprechen. – Es war," lacht er wieder, „doch eben sechs Uhr." – „Mehr, mehr," sagt Fleckner bestimmt, „Ihr irrt Euch, Klostermann." – „Kommt davon, wenn Ihr keine Uhr habt," meint der Wildschütz, „Ihr sollt aber eine haben. Von mir – selbstverständlich – und nun, schlaft gut."

Der Wildschütz verläßt Fleckners Haus und schreitet weiter in die Nacht. – „Kam mir heut recht seltsam vor, der Klostermann," sagt Fleckner zu seiner Frau, als er mit ihr allein in der Küche sitzt. „Ja, Mann, er ist doch ein Wilddieb!" stöhnt die Frau leise auf. „Wenn's nur nichts Schlimmeres ist," meint der Mann, als wenn er eine böse Ahnung nicht loswerden könnte.

Der Wildschütz geht durch die Straßen und Gassen des stillen Dorfes, das man in einer Viertelstunde fast ganz durchschreiten kann. Er kennt hier jedes Haus und jeden Bewohner in Westheim, den Grafen und sein Gefolge, die Bauern [/62/] und Wirte und Handwerker und Tagelöhner.

Die späte Abendstunde und das schlechte Wetter halten heute die Leute in den vier Wänden, nur aus wenigen Häusern noch dringt ein spärlicher Lichtschein in die dunkle Nacht hinaus. Die meisten Bewohner sind schon zur Ruhe gegangen und viele schicken sich an, zu Bett zu gehen, um am anderen Tag zu neuem Tagewerk wieder frisch zu sein.

Der Wildschütz schreitet durch die Gassen des Dorfes. Da sieht er die Haustür der Witwe König offen und die Frau im Hausflur stehen. „Guten Abend, Frau König," spricht er sie an. Die Frau dreht sich um, „Jemine, – der Klostermann! – Heut abend mal zu Hause?" „Bin den Tag über auch hier gewesen, nicht herausgekommen. Wißt Ihr nichts Neues? plaudert der Wildschütz weiter. „Wie soll ich was wissen? – Bin doch den ganzen Tag bei dem schlechten Wetter nicht herausgekommen," antwortet die Frau. – „Ich hörte was," sagt der Wildschütz, „auf den Oberförster Wrede soll einer geschossen haben." – „Gott sei ihm gnädig!" schreit die Witwe geängstigt auf. – „Es ist so was mit der Geschichte. Diese tolle Sache ist mir sehr fatal." – „Weswegen Euch?" fragt Witwe König neugierig, nachdem sie sich vom ersten Schrecken erholt hat. „Na, Ihr wißt doch, daß ich als Wilddieb weit und breit bekannt bin. Sie werden es auf mich schieben."

Hermann Klostermann geht hastig weiter. Es liegt ihm daran, daß möglichst viele ihn hier sehen. Soweit er Licht in den Häusern sieht, kehrt er in ihnen ein. Er spricht kurz beim Lehrer Koch vor, er kehrt auf einige Minuten in den Krug zu Westheim beim Gastwirt Siewers ein, – er stürmt zum Brauer Mergel. Noch weiß keiner im Orte von der Tat. Die Kunde davon wird sich aber blitzschnell am anderen Morgen verbreiten – von der Witwe König aus, der er ja selber die Geschichte von dem Attentat erzählt hat.

Der schlaue Wildschütz sagt sich: Man würde ihn ja garnicht verdächtigen können, da er doch selber die Geschichte über den Oberförster der Witwe König erzählt habe. Dem Attentäter muß doch daran liegen, möglichst lange seine Tat geheim zu halten.

*

Die Nacht geht vorüber. Ein neuer Tag steigt auf. Frühmorgens ist Frau Fleckner im Garten. Nach einer Weile [/63/] kommt Witwe König an den Gartenzaun. „Wißt Ihr schon, Nachbarin?" keucht sie. „Was ist denn geschehen?" fragt Frau Fleckner. Auch der Mann tritt aus dem Hause. „Kommt her! Fleckner, Ihr könnt's auch hören," macht sich Witwe König wichtig. „Na, was gibt's denn so Wichtiges?" fragt Fleckner. „Auf den Oberförster Wrede hat ein Wilddieb geschossen," flüstert sie. „Was? – Wer hat geschossen?" prallen die Eheleute Fleckner zurück. – Witwe König wiegt das Haupt: „Ich mag's nicht sagen – auch nicht, wer's mir erzählt hat," und geht weiter.

Fleckner steigt die niedrige Haustreppe zurück ins Haus, seine Frau folgt ihm. „Es ist, wie ich gestern schon sagte, der Klostermann war verstörter als je," sagt er drinnen zu seiner Frau. „Ich möchte hundert gegen eins wetten: Der Wildschütz hat auf den Oberförster gestern geschossen und kein anderer." – „Mann, Mann," fährt entsetzt die Frau auf, – „es ist ja schrecklich, so etwas zu sagen. Klostermann war doch gestern hier!" – „Weißt Du das ganz genau? Ja, ganz genau, die Frau König hat mir eben gesagt, um dreiviertel auf sechs sei die Tat geschehen – und Klostermann war um – um –." – „Na, wann war er hier?" – „Ja, weißt Du es genau?" – So geht es zwischen Fleckner und seiner Frau hin und her; keiner von beiden weiß die Stunde genau anzugeben, wo Klostermann gestern bei ihnen war.

Mit Windeseile hat sich im Laufe des Tages die Kunde vom Attentat auf den Oberförster durch Westheim und Umgebung verbreitet. Nicht nur durch Weltstädte und Paläste und Börsen eilt die tausendzüngige Fama, – sie wandelt auch durch kleinste Dörfer und einsamste Weiler, etwas langsamer zwar, aber desto sicherer. Von einer Haustür fliegt sie zur anderen, von einem Dorf zum Nachbarflecken. Schneller als die Postkutsche die einzelnen Gehöfte und Weiler erreicht, ist die Kunde über ein bedeutsames Ereignis im Lande herum. Oft genug wird dabei aus einer Mücke ein Elefant, wie der Volksmund selber sagt.

Klostermann, der Wildschütz, wandelt heute absichtlich auffällig durch die Straßen und Gassen und Winkel Westheims, aber es will ihm scheinen, als ob man ihm heute ausweide. Und in der Tat! Wenn er die vielen Gespräche alle belauschen könnte derer, die hie und da in Gruppen zusammenstehen, dann würde er feststellen können, daß die [/64/] meisten bei der Erwähnung des gestrigen Attentats auf Klostermann als den vermutlichen Täter tippen, ja, geradezu auf ihn mit Finger zeigen, wenn er unter ihren Fenstern einherschreitet.

Es handelt sich ja nicht mehr um einen Rehbock, oder ein paar Hasen oder eine schwarze Sau. Ein Schuß auf einen Menschen, einen Beamten! Das ist etwas ganz besonderes und glattweg zu verwerfen. Jedermann sagt es, der Wildschütz habe nun einmal seine Kugel auf etwas anderes gerichtet als auf Rehwild und Hasen und Wildsauen. Die Leute zischeln es und deuten auf ihn und weiden ihm aus.

Klostermann ist auf das Schlimmste gefaßt, nämlich der Oberförster könnte an der Schußverletzung bereits gestorben sein. Da trägt man ihm zu, daß der Oberförster nicht tödlich getroffen sei, daß er wieder genesen werde. Ein schwerer Stein fällt dem Wildschützen durch diese Kunde vom Herzen. Er atmet freier. Nun kann er schon mal offen um die Sache fragen, kann seine Nachforschungen auch hier beginnen. Es ist ihm ganz klar, daß die Polizei und das Gericht schnellstens zur Aufklärung dieses Verbrechens alles tun werden, daß man heute schon mit den Ermittlungen beginnen werde. [/65/]

12.
Zweihundert Taler

Klostermann bewegt sich offen und frei unter den Leuten in Westheim. Er spricht mit diesem, redet mit jenem. Er stöbert heute überall
umher, um Nachrichten zu sammeln. Er spaziert durch die Straßen,
er kehrt ins Wirtshaus ein. Da trifft er einen Briloner. Der ist mit
Lutter, dem Büchsenmacher, wohl bekannt.

Kaum haben sie das Gespräch begonnen, das sich natürlich um
den Überfall auf Wrede dreht, da sagt der Briloner zu Klostermann:
„Seht Euch vor, Klostermann! Ich weiß, wie ihr einmal zu Lutter in
Brilon gesagt habt: „Wrede ist hinter mir her, aber ich werde ihn mal
tüchtig mitnehmen." – „Haltet Euern Mund!" donnert Klostermann,
„oder ich werde Euch den Schädel spalten. Was wißt Ihr und Lutter?
Garnichts wißt Ihr! Ich habe ihm und Euch nichts gesagt. Verstan-
den!?" Er steht zornig auf und geht hinaus.

Draußen sieht er einen Haufen Leute beisammenstehen. Es sind
Diener und Knechte des Grafen Stolberg darunter, des Grafen, der es
gut mit Klostermann meinte, da er ihm die Stelle eines Unterförsters
anbot. Er tritt keck zu der – Gruppe und mischt sich ins Gespräch.

Da klebt drüben an den Pfahl der Gemeindediener eine große Bekanntmachung an. Die Leute ringsum eilen herbei, um das Neueste
zu lesen. Alles steht um den Pfahl, alles klatscht und redet wild
durcheinander, während Klostermann noch mit den Leuten des Grafen spricht. „Es ist so," raunt Fleckner seiner Frau ins Ohr, als er die
Bekanntmachung gelesen, „es ist doch Klostermann gewesen."
„Aber wie ist das bloß möglich – still, da kommt er." Klostermann.
sieht ganz anders aus als gestern, sein Gesicht ist heiterer als sonst –
er hat Gutes von den Dienern gehört, die Erkundigungen über den
Oberförster hatten anstellen müssen und dabei allerlei vernommen
haben. Jetzt tritt der Wildschütz an den Pfahl und liest die Bekanntmachung. Eine vom Gericht ist's, eine Meldung über das Attentat
auf den Oberförster von Wrede. „200 Taler Belohnung [/66/] werden für denjenigen ausgesetzt, der den Täter überliefert." Kloster-

mann liest die Bekanntmachung noch einmal. Das Herz schlägt ihm höher und höher, fast zum Halse heraus. Das Blut pocht wie wild in seinen Adern.

Nur gut ist's, daß sich die Leute hier verlaufen haben, daß keiner seinen hochroten Kopf und seine sichtlich bebenden Glieder bemerkt. Schnell faßt er sich wieder. Der muß, erst noch geboren werden, der ihn überführen würde und könnte! Wer außer den Förstern und der Polizei würde sich wohl die 200 Taler verdienen wollen, wenn er wüßte, daß er, der Wildschütz, der Attentäter sei? So redet er sich's ein.

Er schlendert weiter durchs Dorf. An verschiedenen Ecken leuchtet ihm auf rotem Grunde die Bekanntmachung entgegen. Und so wie hier in Westheim ist das Bild heute um dieselbe Zeit in Stadtberge und Rhoden und Wrexen und überall im weiten Umkreise: die Leute lesen die Bekanntmachung, besprechen das Attentat, mutmaßen um den Täter, sprechen offen und versteckt von Klostermann als dem Attentäter, nehmen für und gegen ihn Partei.

Klostermann geht zu Fleckners und tritt fröhlich in die Stube. Er hat als Geschenk eine Uhr mitgebracht. Fleckner nimmt sie dankend an. Wißt Ihr, daß es sechs Uhr war, als ich gestern zu Euch kam?" fragt er aufs neue.

„Nein, es war ein Viertel nach sechs Uhr," beteuert Fleckner. Seine Frau nickt zustimmend. Sie hat also doch recht. „Na, Jacke wie Hose," fährt Klostermann fort, „Ihr wißt doch, die ganze Welt meint, ich sei der Mann, der auf Wrede gestern geschossen habe. Es ist heut egal: der Oberförster selber hat mich heute freigesprochen, er hat selbst gesagt, es sei ein kleiner Kerl gewesen mit dunklem Bart." Lachend verläßt der Wildschütz Fleckners Haus. „Und er ist's doch gewesen," meint Fleckner zu seiner Frau, „denn er läuft so schnell, daß er in einer halben Stunde vom Hirschstall nach Westheim kommen kann." – „Ich glaube nicht daran," will Frau Fleckner wieder mit einem Wortgefecht beginnen. Doch wozu der Streit? Beide freuen sich über das Geschenk des Wildschützen, die Uhr, die ihnen solange fehlte.

Klostermann schreitet weiter durch Westheim, er ist jetzt viel ruhiger. Er hat einen gewissen Trotz auf seiner Stirn [/67/] stehen, wie er ihn bisher nicht zeigte. Die Leute vom Gericht mußten irrig geworden sein. Daß der Oberförster ihn nicht in Verdacht hatte, weiß er durch die Diener des Grafen Stolberg, und wozu hätte man sonst eine Prämie auszusetzen brauchen! Er war ja in Westheim, ging offen durch die Straßen, stand in Verdacht von Wilddiebereien und hätte doch leicht verhaftet werden können!

Mit der Gewißheit, daß auf ihm noch kein bestimmter Verdacht laste, wächst die Keckheit des Wildschützen nun wieder von Tag zu Tag. Er hat bald zuverlässig erfahren, daß man unter der Hand Verhöre angestellt habe, aber seine Heimkehr am Abend, direkt nach dem Attentate, hat berechtigte Zweifel an seiner Täterschaft immer wieder aufkommen lassen.

Mit der Keckheit wächst sein Mut zu neuen Taten und Erlebnissen. Er lacht offen über die ausgesetzte Prämie, eine immerhin nicht kleine Summe, und sagt eines Tages zur Wirtin Wahle in Stadtberge: „Wenn sie zwanzigtausend Taler ausgesetzt hätten, wollte ich ihnen den Täter wohl nennen. Ich schenkte dann der Frau und den Kindern des Schützen einige tausend Taler und ginge nach Amerika." Angst und Furcht steht ja nicht in Klostermanns Wörterbuch, und bange machen gilt für ihn nicht. Einmal sagt der Bierbrauer Mergel im Krug zu Westheim: „Klostermann, man ist dem Menschen auf der Spur, der auf den Oberförster geschossen hat." Doch Klostermann lacht: „Das ist recht schön aber, sie kriegen ihn nicht. Noch schlimmer ist's, daß der Oberförster nicht mehr gekriegt hat." Die Frauleute, alte und junge, – sind freilich noch dreister. Sie haben große Freude, daß der hübsche Klostermann sich gut aus dieser Schlinge zieht, daß man ihm nichts anhaben kann, aber sie zügeln den Mund nicht und reden und reden immer wieder davon. „Also Wrede ist geschossen worden?" fragt Frau Stratmann den Wildschützen. Der dreht an seinem Schnurrbart: „Und wissen Sie auch, daß Klostermann es getan haben soll? Ha, ha, ha! Wenn der nur etwas höher gehalten hätte, würden sich alle Förster freuen."

Des Wildschützen Frechheit ist unerhört. Sie steigert sich von Tag zu Tag mit seiner Erkenntnis, daß man ihm nichts anhaben wird. Es ist erstaunlich, daß trotz der mehr als verdächtigen Äußerungen Klostermanns nichts gegen ihn unternommen wird. Es ist doch eigentlich der Gipfel der [/68/] Dreistigkeit und Frechheit eines Missetäters, wenn er selbst, wie in diesem Falle zu Hartwig in Westheim sagt: „Die Leute haben gemeint, ich hätte es getan, aber Wrede hat mich freigesprochen – ich freue mich, daß er geschossen ist, er hätte eben zurückbleiben sollen."

Daß man diese oder ähnliche Äußerungen der Behörde, die mit der Aufklärung des Falles von Wrede beschäftigt ist, nicht meldet, ist nur aus der Sympathie erklärlich, die die Bauern und Arbeiter und Bürger der kleinen Orte zu dem Burschen haben. Die ganze Bevölkerung, mit ganz wenigen Ausnahmen, verteidigt gewissermaßen den Burschen, der sich gegen das geschriebene Gesetz auflehnt, der sich gegen die hundert Arme der Gerechtigkeit mit stets wachsender Kühnheit stemmt. Man nimmt den Wildschützen in Schutz, weil er sich gegen ein den meisten verhaßtes Gesetz, den Wildschutz auflehnt. Das Wild ist nach der Leute Meinung eben Gemeingut, und einen Wilderer mit Leben oder Freiheit bedrehen, ist in den Augen der mißmutigen, durch vielen Wildschaden verärgerten Bevölkerung eine Tyrannei, vor der man den Verfolgten mit allen Kräften und Mitteln schützen müsse, selbst wenn es sich dabei um ein frevelhaftes Attentat handele.

Im ganzen Lande sucht die Regierung nach dem Verbrecher, der auf den Oberförster von Wrede geschossen hat. Die aufmerksamsten Nachforschungen der pflichteifrigen Beamten bleiben fruchtlos. Die ausgesetzte Belohnung von 200 Talern scheint nicht die geringste Zugkraft zu haben. Will denn keiner die immerhin nicht kleine Summe verdienen? Will denn keiner der hier meist in ärmlichen Verhältnissen lebenden einfachen Leute ohne große Mühe die 200 Taler einstecken? Will denn keiner – und Klostermann kennt doch jeder, und er verkehrt doch mit so vielen – Anzeige über die verdächtigen Äußerungen erstatten? In Westheim und Wrexen, in Hardehausen und Rhoden, in Warburg und Stadtberge, in Brilon und sogar in Paderborn steht es bei der Bevölkerung trotz entgegenstehender Anzeichen fest, daß kein anderer als Klostermann mit dem Attentat auf den Oberförster von Wrede in Verbindung zu setzen ist. Und dennoch kommt die Sache nicht weiter.

Klostermann kann nicht zum Gewahrsam gebracht, dem Verhöre nicht unterworfen werden, da sich ein bestimmter Anhaltspunkt für seine Täterschaft eben nicht ergibt. Den [/69/] Verdacht hat der geschossene Oberförster selbst zum großen Teil von dem Wildschüt-

zen genommen, da er immer wieder behauptet, Klostermann könne
es nicht gewesen sein, zudem sind es immer wieder die Zeitangaben,
die das untersuchende Gericht in den Mutmaßungen um Klostermann als den Täter schwankend machen. Was aber der Sache einen
besonders günstigen Verlauf gibt, ist der Umstand, daß sich der
Oberförster auffallend schnell bessert und schon nach fünf Wochen
das Bett verlassen kann. [/70/]

13.
WILDE JAGD

Der Wildschütz streift weiter durch sein Revier. Bald ist er hier, bald dort. Er scheint sich nunmehr ganz dem Waldrausch hingegeben zu haben. Wie mit Zauberbanden hält ihn der weite Wald fest, daß er noch selten nur in den Dörfern und Landstädtchen gesehen wird.

Der Wildschütz treibt weiter mit zäher Verbissenheit sein schändliches Handwerk, das er, obschon er's nicht gelernt, versteht wie kein zweiter in der Runde. Allwöchentlich hören die Förster bald im Rhoden'schen, bald im Hardehausen'schen Forst Schüsse fallen. Sie eilen hin und finden höchstens einige Patronenfetzen oder auch zuweilen Spuren kunstgerecht ausgenommenen Wildes, Tritte im Sandwege und künstliche Durchbrüche an dieser oder jener Stelle. Es ist allen klar: Klostermann treibt sein verbotenes Handwerk dreister und intensiver als je zuvor.

Es ist, als sei in ihm der Erbstrom des alten germanischen Blutes mit seinem Hang nach Jagd nachhaltig und in verstärktem Maße lebendig geworden. Es ist, als dürfe Klostermann im 19. Jahrhundert ungestört dasselbe tun, was vor 1500 und 1000 Jahren noch allgemeiner Brauch eines freien Mannes hier war: durch die weiten Wälder streifend Wild jagen und nur sich diesem Weidwerk hingeben. … Es ist, als rauschten die Bäume das Lied von freier Jagd, als klänge in ihnen der fröhliche Akkord eines freien Lebens im grünen Walde. Doch

„Über der Wipfel Hin- und Wiederschweben
hoch droben steht ein ernster Ton,
dem lauschten tausend Jahre schon
und werden tausend Jahre lauschen …
und immer wieder dieses starke donnerdunkle Rauschen."

Dieser ernste Ton ist der der Schuld und Sühne …

Der Wildschütz streift durch hohe Farnkräuter, die dem Walde schönste Zierden sind. Wie hübsch steht der kleine Tüpfelfarn unten am Stamm alter Bäume, wie zierlich ordnet der Wurmfarn seine zartgefiederten Wedel zu einem regelmäßigen [/71/] Trichter, und wie stolz erhebt sich der Adlerfarn mit seinem sperrigen Wuchs bis über Manneshöhe. Von alters her hat man dieser seltsamen Pfanze besondere Beachtung geschenkt, man witterte etwas Geheimnisvolles in ihr. Sollte doch der Farnsamen, so nannte man die Sporen, die Kraft haben, den Menschen unsichtbar zu machen. Man glaubte auch, durch Beimischung dieses Samens Freikugeln gießen zu können, die niemals fehlgingen. – Das Volk glaubt, der Wildschütz, dem man ja eine Treffsicherheit sondergleichen nachsagt, mische seinen Flintenkugeln beim Guß diesen Farnsamen bei, sodaß seine Schüsse niemals fehlgehen …

Der Wildschütz schlägt beim Reviergang das mannshohe Farnkraut mit kräftigen Armen auseinander, damit er nicht auf dieses Kraut trete. Soll doch jeder, der unbedachtsam auf das Farnkraut tritt, in die Irre gehen müssen! Die Farne nennt man ja Irrkräuter …

Gänger oder Reiter,
Weibes- oder Mannesfuß,
Tritt er Irrekräuter,
Augenblicks verirren muß. (Rückert.)

Dies Auseinanderbiegen der Farnkräuter hilft dem Wildschützen in dieser Beziehung doch nichts. Er geht dauernd Irrwege, da er sich der Gier nach verbotener Frucht ergibt.

Da klingt drüben weit von der Landstraße her ein Lied aus jungen Kehlen auf. „Es lebt der Schütze froh und frei, ja froh und frei. Mit ihm die ganze Jägerei, die Jägerei …" Welcher Schütze könnte wohl freier leben als der Wildschütz Klostermann! Aber mit dieser seiner Freiheit im Wald und auf der Heide ist keineswegs jene innere Fröhlichkeit verbunden, die jedem Tun und Lassen erst die rechte Würze gibt. Das Wegputzen des Wildes macht ihm keine Gewissensbisse, aber seitdem er den Oberförster schoß – und mag er sich's noch so oft ausreden und sein Gewissen mit allerlei Beschönigungen beruhigen wollen – seit der Zeit ist aus ihm die innere Ruhe gewichen. Diese Ruhe kann ihm sein geliebter Wald nicht wiedergeben, wie weit er sich in den dunklen Tann auch verkriechen mag, wie sehr er die Einsamkeit sucht, die ihm sonst den Frieden gab.

„Das ist Lützows wilde, verwegene Jagd!" schmettert es nun eine Trompete aus blauer Ferne. Wenn Klostermann [/72/] jetzt ein Jagdhorn hätte, er würde aus wunder Seele dem Hornruf Antwort geben. So stimmt seine Kehle mit ein in das Kampflied aus der Zeit vor 50 Jahren, das er schon als Schulbube gesungen. Eigentlich paßt jetzt diese plötzlich in ihm aufwallende Welle der Musikalität nicht mehr zu seinem fast an das Räuberleben grenzenden Treiben. Nachdem er sich in den letzten Monaten mehr und mehr aus der menschlichen Gesellschaft abgesondert hat, ist in ihm die Quelle echter Fröhlichkeit und Geselligkeit in täglich wachsendem Maße fast zum Erliegen gekommen. Aber der Sinn dieser Liedworte von der „wilden, verwegenen Jagd" paßt auf sein jetziges Leben und Treiben nur zu gut.

Der Wildschütz streift ja seit Monaten fast ununterbrochen in dem Revier, das er stolz „sein Revier" nennt, von Brilon, ja von Paderborn an bis in das Waldeckische hinein und knallt ohne Zagen, ohne Furcht die besten Stücke Wildes fort. Sein abenteuerlicher Ruf vermehrt sich von Tag zu Tag, seine Gewandtheit spottet jeder Aufsicht der Forstbeamten, obschon diese es nicht an Wachsamkeit und Eifer fehlen lassen, seiner auf frischer Tat habhaft zu werden. Wie nie zuvor betreibt Klostermann sein Handwerk mit einer Ausdauer, fast ohne Unterbrechung, die man ihm bisher nicht zumutete. Bis vor kurzem holte er sich dann und wann nur ein Stück Wild; das er verkaufte oder verschenkte. Jetzt hat er fast täglich Jagd-Beute, die er an einen bedeutend vergrößerten Abnehmerkreis absetzt. Wohin er den Handel mit Wildpret betreibt, wer seine Abnehmer sind, das zu ergründen gibt sich die Behörde alle Mühe. Aus den Orten, wo er bisher wohnte, aus Westheim und Oesdorf und Wrexen und Stadtberge ist er verschwunden, nur ab und zu mal kommt er in diese Orte noch, um seine notwendigsten Einkäufe zu besorgen, um dann wieder in den unermeßlichen Waldungen zu verschwinden.

Selten nur ist es jetzt, daß einer der Waldläufer oder Förster den Wildschützen im Walde zu Gesicht bekommt. Geschieht das ein Mal, dann sieht man ihn nur in weiter Ferne, und der Wildschütz ist lange verschwunden, wenn man näher kommt. Er umgibt sich durch sein ganzes Verhalten jetzt immer mehr mit einem gewissen Nimbus, der ihn mehr noch als bisher im Volksmunde zu einem Wesen stempelt, bei dem es nicht mit rechten Dingen zuzugehen scheint. Der Respekt, in den er sich jetzt zu setzen versteht, [/73/] ist so groß, daß bereits der Angreifer für einen Wundermann gelten kann. Des Wildschützen Gewalt scheint in der Tat durch einen übernatürlichen Beistand zu wachsen.

Bei seiner wilden, verwegenen Jagd trifft ihn eines Tages der Holzhüter Vahle im waldeckishen Bezirke Mühlenberg im Rhoder Walde unweit des Fleckens Orpethal. Klostermann ist gerade beim Ausweiden eines geschossenen Rehbockes. Der Holzhüter weiß einen Unterförster in der Nähe und verständigt diesen, um gemeinsam gegen den Wildschützen vorzugehen. Der Holzhüter Vahle tritt auf Klostermann zu. Doch der läßt sich im Ausweiden keineswegs stören. Der Unterförster ruft vom Rande des Waldes her Vahle von weitem zu: „Nehmt ihm das Wild ab!" Und Vahle macht wirklich Anstalten, den Befehl zu vollstrecken, aber Klostermann legt ganz ruhig das Wild beiseite, nimmt sein Gewehr und schlägt es auf Vahle an, indem er ruft: „Wollt Ihr abtreten oder nicht?" Der Holzhüter, ohne Waffen, kann dem bewaffneten Wildschützen nicht stehen, – der Förster kommt indessen näher. Klostermann aber wittert weitere Beamte in der Nähe, und hält es daher bei dem Herannahen des Unterförsters für geraten, das Feld diesmal zu räumen. Mit größter Ruhe tritt er den Rückzug an und läßt den Rehbock in den Händen seiner Verfolger zurück. Der Förster schießt nicht auf ihn.

Solche Fälle, daß der Wildschütz seine Beute verlassen muß, sind jedoch höchst selten, meist schleppt er seine Beute vor den Augen der Beamten davon und damit hört dann die Verfolgung auf.

Durch seine ständigen Wildererzüge, denn davon muß man schon sprechen, ist Klostermann im Laufe der Zeit zu einer wahren Landplage für die Behörden geworden. Die Beamten, die in der Gegend seines Wirkens stationiert sind, hören fast täglich die Klagen ihrer vorgesetzten Dienststellen über diesen Rechtsbrecher. Die Akten der Forst- und Polizeistellen wissen schon ein langes Lied seiner Tätigkeit zu singen. – Der Handel mit dem durch Klostermann geschossenen und gestohlenen Wildbret nimmt zudem größere Formen an. Was aber weit schlimmer ist, ist die Tatsache, daß die fast dämonische Persönlichkeit des Wildschützen auf das Landvolk und dessen Gesinnungen sehr nachteilig wirkt. Die moralische Seite der Angelegenheit gibt zu ernsten Betrachtungen Anlaß. – [/74/] Das ist eigentlich die schlimmste Seite in der ganzen Angelegenheit. Denn – ist es nicht der Beginn von Demoralisation, ein offenes Auflehnen gegen das Gesetz, wenn sich in der Bevölkerung offenbar viele Elemente mit dem Treiben des Wilddiebes gegen die Behörden verbinden? Ist es nicht ein Frevel, wenn viele ihm die nötige Sicherheit gewähren, wenn man ihn auf offenem Markte mit allen Dingen versorgt, die er zum Lebensunterhalt in der Wildnis gebraucht? Obschon alle genau wissen, daß Klostermann tagtäglich wilddiebt, tagtäglich gegen das Gesetz verstößt, unterstützt ihn jeder, der ihn kennt, offen mit Worten und Taten.

Was ist da behördlicherseits zu tun? Es läßt sich nichts machen, als genau aufzupassen, um die erste beste Gelegenheit zum Fange des Wilddiebes auszunützen. Man versucht sogar von der Behörde aus, sich mit einigen Personen, bei denen er verkehrt, in Verbindung zu setzen, aber die Verhandlungen mit diesen führen zu keinem greifbaren Ergebnis. Klostermann wird nach wie vor in den Orten dann und wann gesehen, ja, er leugnet dreist in diesem Augenblick seine Wilddieberei, um sich im nächsten Augenblick derselben frei zu rühmen.

Man bringt sogar in Erfahrung, daß Klostermann zum „Ausbau seines Geschäftes" Genossen werbe. Mehr und mehr erscheint besonders der Schuhmacher Lohoff aus Oesdorf der Behörde als Genosse verdächtig. Bei ihm ist Klostermann schon wiederholt gesehen worden. Als sicheres Zeichen, daß Lohoff mit auf die abschüssige Bahn getrieben wird, sind die Umstände zu werten, daß Lohoff sein Handwerk zu vernachlässigen beginnt, daß er Tage lang seinem Hause fernbleibt, und daß er mehrere Gewehre in seinem Hause aufbewahrt.

Doch hat die Behörde gegen Lohoff keine bestimmten Anzeigen, weshalb man gegen ihn, der offenbar der beste Komplize des Wildschützen ist, nicht vorgehen kann. Was aber kann die sich zeigende tiefe Schwermut der Frau Lohoff anders besagen, als daß ihr Herz von einem argen Geheimnis beschwert würde, um das sie weiß, das sie aber nicht preisgeben kann um ihrer Kinder und ihres Mannes willen!

Drüben, im Forsthaus Mittelwald, ist selbstverständlich die „wilde, verwegene Jagd" Klostermanns nicht verborgen geblieben. Bisher kam er nur hin und wieder in die Nähe seines elterlichen Hauses. Jetzt aber knallt er in der Woche [/75/] hier mehrere mal. Und häufiger als sonst weint ein von bösen Ahnungen geängstigtes Mutterherz auf um den verirrten Sohn, der die abschüssige Bahn des Verbrechers unaufhaltsam beschreitet. [/76/]

14.
EIN KRÜPPEL

In Winterruhe ist der Wald verstummt. Öde webt in seinen Hallen. Der Wald ist wie ein Totenschrein. Die Bäume stehen, als seien sie von Stein. Der eisigkühle Bach wallt wild durchs Moderholz mit leisem Rauschen. Der Wald weint um seine verlorene Schönheit, daß es von den Zweigen tropft ...

Gestern noch lag der Wald grau in grau, kein Sonnenstrahl durchbrach das graue Tuch, das ein unfreundlicher Tag über die Erde gespannt hatte. Aber heute, da ist man wie in einem Wunderwald. Gestern war die weite Fläche kahl, man konnte weit durch das Gesträuch schauen, heute ist er fast so dicht geworden wie im Sommer, als er sein Laub noch hatte. Die Zweige hängen tief hernieder unter der Last der Zierart, und doch ist diese Zierart so unsäglich zart und fein gearbeitet, daß die geschickteste Künstlerhand sie nicht nachbilden kann. Man kann alle Kunst der Welt durchmustern, man findet nicht dergleichen Sterne und Strahlen, so dünn wie hineingehaucht, und alles schimmernd weiß vor der Bläue des Himmels droben. Und alles hängt und schwebt so unbewegt, als wenn der Wald, über seine Pracht erschrocken, den Atem anhielte, damit ja kein Sternlein falle und kein Fädlein sich verwirre.

Eben flattert eine Meise auf in der verzauberten Welt, und jetzt rieselt ein feiner Silberregen hernieder ... Und auch Frau Sonne will Leben hineinbringen in dieses Wunderspiel, und sie weckt ein wundersames Funkeln, ein Glühen und Sprühen aus dem kalten starren Weiß. Aber Frau Sonne treibt das Wunderspiel auf die Höhe und vernichtet es nur zu leicht. Was schön ist, kann ja nicht lange währen. Kurz ist die Lust des Frühlings und kurz ist die Wonne des Sommers, aber kürzer noch ist die Pracht des Winterwaldes im Rauhreif.

Es ist ein sonniger Februartag. Gerade sind die Winterwaldblumen in erster Morgenfrühe erblüht; sie sind aber schon wieder gestorben, da die Sonne kam, die doch sonst aller Blumen holde Mutter und liebste Freundin ist. [/77/] Kräftig und prächtig scheint die

Sonne nun in den waldeckischen Forst hinein, der sein weißes Kleid angezogen hat. Ist sie schon schweigsam und still, die weite Waldung im Sommer – so ist sie jetzt im Winter totenstill, wo die Vögel nicht ihren raschen Flug durch das Geäst nehmen, wo nicht die Jubeltöne der vielen Sumpf- und Moorbewohner sich in die Lüfte schmettern, wo der Waldsee seine Wellen nicht gegen das Röhricht rauschen läßt.

Aber es ist eine totenstille Feierlichkeit, die sich über die ganze mit Schnee bedeckte Gegend ausbreitet, eine erhabene Ruhe, die wunderbar auf jeden wirkt, der zu solch schöner Winterszeit durch die Waldungen schreitet.

Das kommt auch dem Manne in den Sinn, der in der Richtung von Rhoden auf den Bezirk Helmighausen im Waldecker Land zuwandert. Eine graue Joppe trägt er und eine Pelzmütze, graue Hosen und hohe Stiefel. Eine Jagdtasche hat er umhängen, die voll gefüllt ist von Wurst und Brot. Eine Doppelflinte trägt er auf dem Rücken, die in blitzsauberem Zustande ist. In der Hand hält er eine Pfeife, die er dann und wann zum Munde führt, um einen kräftigen Zug daraus zu tun und dann die Tabakswolken in den klaren Wintermorgen zu stoßen. Haare und Bart des großen, schlanken, stattlichen Mannes zeigen kleine Eiszapfen, ein Beweis, daß der Mann schon länger in der Winterluft umhergestreift ist.

Wer kann das anders sein als Wildschütz Klostermann! Schon am frühen Morgen hat er sich aufgemacht, um einem Rehbock nachzusteigen, der die waldeckische Grenze passiert hat. Dies scheue Waldtier mag eine Ahnung davon haben, daß ein sehr erfahrener Weidmann ihm auf der Fährte sei.

Der Rehbock wechselt äußerst vorsichtig, täuscht den ihn verfolgenden Wilderer verschiedene Male. Wohl fünf oder sechs Mal muß Klostermann, der das Gewehr schon im Anschlage hat, absetzen. Der Bock nämlich verschwindet immer kurz vor dem Abdrücken in einen Busch oder in eine Mulde. Doch Klostermann ist derlei Verfolgungen gewöhnt, sie haben für ihn einen besonderen Reiz. Er muß, um des Bockes habhaft zu werden, den Wald nach allen Richtungen durchziehen, er lernt so „sein Revier" immer mehr schätzen.

Stolz blickt er immer bei der Verfolgung des Wildes umher, wenn er ganz ungehindert die Landesgrenze zwischen Westfalen und Waldeck überschreitet. So tut er das auch heute. Er ist vom Westfälischen her gerade hinübergewechselt [/78/] ins Waldecker Gebiet. Als ob das ganze Fürstentum Waldeck sein eigen sei, so keck schaut der Wildschütz heute um sich, da er auf dem kleinen Hügel dort steht und mit freudigem Blick die schöne, silberblitzende Waldung mustert, die so wundervoll glitzert im Scheine der winterlichen Sonne.

Klostermann saugt die frische, reine, stärkende Luft in langen Zügen ein, und dann macht er einen kräftigen Zug aus seiner Tabakspfeife, die ihm heute besonders gut schmeckt. Halli – Hallo! Da taucht der Rehbock wieder auf. Der Wildschütz nimmt seine Richtung gegen den Wind, er macht einen weiten Bogen – einige Male hält er in seinem Schreiten inne, er setzt sich, um zu lauschen, ob Wild in der Nähe sei, aber nein, alles ist still.

Die Landschaft, der Wald, sein Wald ändert sich allmählich. Die Sonne wird vom Nebel umflort, ein scharfer Wind fegt durch die Föhren, führt erst kleine Schneeflocken mit sich und bald darauf Regen, der den Nebel auf die Erde niederdrückt. In Sturm und Wetterbraus verschwindet Klostermann in der Richtung auf den Waldbezirk, der im Volksmunde „die braune Heide" genannt wird.

Just zur gleichen Zeit streift ein anderer Mann durch den Forst. Seine Kleidung läßt ihn als einen waldeckischen Forstbeamten erkennen. Es ist Förster Heinemann aus Rhoden, ein pflichttreuer Beamter, der heute daran ist, die Futterplätze für das Wild zu kontrollieren und gleichzeitig die Holzhauer zu beaufsichtigen. Heinemann geht seit der Zeit, wo er des Wildschützen Klostermann Bekanntschaft zum ersten Male machte, nicht mehr ohne Gewehr in den Forst. Damals konnte er dem Wildschützen nichts anhaben, da er selbst nur einen Hirschfänger trug. Heute hat er das Schloß seines Gewehres mit einem Tuche zum Schutz gegen die Feuchtigkeit umwickelt. Förster Heinemann ist den ganzen Tag unterwegs, er sieht hier im Walde nach den Futterplätzen und schaut dort im Forste nach den Holzhauern, er patrouilliert den ganzen Tag, er frühstückt im Winterwalde, er erhebt sich nach dem Mahle und schreitet rüstig vor bis zum Mühlenberg, wo er sich ermüdet auf einen Stein niedersetzt.

Das noch am Morgen schöne Bild der glitzernden Winterland-schaft ist nun durch den Witterungsumschlag verschwunden. Nas-ser Nebel tropft herab. Grau in Grau liegt [/79/] die Landschaft und stimmt zur Melancholie. Schwermütig könnte auch Förster Heine-mann werden, wenn er so in den Tag hinein sieht. Ganz mechanisch wickelt er das Tuch vom Gewehrschlosse, um es zu untersuchen. Warum er eigentlich wieder das Gewehr mitgenommen hat? Auf Jagd geht's doch heute nicht. Ja, ja, es ist ihm beim Fortgang von Hause schon zur Gewohnheit geworden, den Försterhut aufzuset-zen, Patronen in die Tasche zu stecken und ein Gewehr auf den Bu-ckel zu nehmen. Warum bloß? Ja, man könnte nicht wissen, ob man nicht einem Wilderer begegnete, oder gar dem berüchtigten Klos-termann.

Beilhiebe schallen in einiger Entfernung auf, ein Baum fällt kra-chend um. Holzhauer sind in der Nähe am Werke. Richtig, es sind ja die Gebrüder Karl und August Benecke. Förster Heinemann macht sich auf zu ihnen. Gerade ist er einige Schritte gegangen, da krachen bautz – bautz – zwei Schüsse … in der „braunen Heide". Heinemann stutzt. Jetzt Schüsse?! Wo keine Jagd angesetzt ist? Das können nur Wilderer sein! Er faßt unwillkürlich zu seinem Gewehr, er unter-sucht es auf seine Schußbereitschaft. „Heute entwischen sie mir nicht, diese Burschen", knurrt er in seinen Bart, „und wenn's gar der Wildschütz Klostermann wäre!" – Der Förster hat ja heute Hilfe in nächster Nähe. Er eilt schnell den Weg hinunter, der zu den Holzfäl-lern führt.

„Schnell, schnell – laßt die Bäume liegen," tritt Förster Heine-mann zu den beiden Holzhauern, „habt ihr die Schüsse nicht ge-hört?" – „Gewiß," antwortete der Holzkarl, „sie kamen von der braunen Heide her." – „Kein anderer ist's wie Klostermann, sag' ich Euch," spricht Heinemann erregt, „wir müssen ihn jetzt fangen, den Burschen, er ist uns schon lange seine Haut schuldig."

Die Brüder Benecke sehen einander besorgt an. Der Name Klos-termann hat ihnen Angst und Schrecken eingejagt, der Wildschütz ist ihnen eine sehr gefürchtete Person; es kann schlimm auslaufen, wenn sie sich ihm entgegenstellen – entgegenstellen müssen! Wei-gern dürfen sie sich nicht. Schon Jahrzehnte alt ist der Befehl der Fürstlich Waldeckischen Regierung: Alle Holzfäller haben sich den

Beamten zur Ergreifung von Wilddieben jederzeit zur Verfügung zu stellen.

Befehl ist Befehl, also nehmen sie ihre Äxte und folgen den Weisungen des Försters Heinemann. „Wir müssen dem Wildschützen den Weg versperren," sagt Heinemann, „von [/80/] daher kam der Schuß – wir gehen nun zur Orpe hinab und machen an der Denkelbrücke im Tannendickicht halt. Wer von der „braunen Heide" in gerader Richtung nach Westheim will – der muß bei uns vorüber – und wenn es der Klostermann ist – so trägt er seine Beute sicher gleich nach Westheim – also treffen wir ihn."

Förster Heinemann hat sicher einen guten Kriegsplan entworfen. Er kennt ja sein Revier und die Gepflogenheiten der Wilderer, auch des Wildschützen Klostermann. So postiert er sich denn gleich mit seinen beiden Holzhauern in dem kleinen Tannengehölz, etwa 80 Schritte unterhalb der. Denkelbrücke. Er stellt sich mit „seiner Armee" so auf, daß der ankommende Wildschütz sie nicht gleich zu sehen vermag. Er weist August Benecke an, von der rechten Seite auf den Wilderer loszugehen, während er selbst und Karl Benecke von links aus dem Dickicht vorbrechen sollen.

Mit einiger Beklommenheit warten die Drei nun auf den Wilderer, der ihnen kommen muß. Und wirklich! Er stellt ihre Geduld nicht zu lange auf die Probe. Genau wie Heinemann sich's gedacht, kommt der erwartete Wilderer gerade auf die Stelle zu, wo die Drei stehen. Klostermann, der berüchtigte Wildschütz ist's natürlich. Drei Augenpaare stieren ihn in fieberhafter Erwartung an, ohne daß der Ankommende das sieht. Den erlegten Rehbock trägt er auf der Schulter, sein Doppelgewehr in der Hand.

Heinemann gibt ein vorher verabredetes Zeichen und die drei Angreifer rücken langsam vor, ohne von Klostermann gesehen zu werden.

Bis auf fünf Schritt sind sie ihm nahegekommen, – da bleibt der Wildschütz stehen. Warum? Sein scharfes Ohr hat in den Tannen Geräusch vernommen, sein scharfes Auge entdeckt sofort die Ursache des vernommenen Geräusches: Er sieht auf der einen Seite Förster Heinemann und Karl Benecke, auf der anderen Seite August Benecke, alle drei ihm wohlbekannt, nur wenige Schritte von ihm entfernt, zum Angriff bereit. Wenn die Drei zufassen, ist er gefangen, ist er verloren. Gegen drei kräftige Männer kann er's allein nicht aufnehmen. „Faßt zu!" ruft Förster Heinemann dem am nächsten stehenden, kaum vier Schritt vom Wildschütz entfernten August Benecke zu, „Faßt zu!" Der will gehorchen, aber Klostermann weicht ein wenig zurück und ruft dem Holzhauer zu: „Ihr habt Euren Buddel fallen lassen." [/81/] Unwillkürlich bückt sich August Benecke nach der vermeintlich hingefallenen Schnapsflasche. In demselben Augenblick fällt ein Schuß – Förster Heinemann fällt mit lautem Wehgeschrei zur Erde. Wildschütz Klostermann hat auf ihn geschossen – im Nu ist er wieder im Dickicht verschwunden – der geschossene Rehbock liegt neben dem angeschosseneu Förster. Geschreckt, bestürzt eilen die beiden Holzhauer dem getroffenen, am Boden liegenden Förster zu Hilfe. Sie finden einen Schwerverletzten vor, den sie mühsam nach Hause schaffen.

Der Arzt Dr. Baruch muß ihm sofort Beistand leisten. Er stellt fest, daß dem Verwundeten die Ladung durch den Oberarm in die Lunge gedrungen und diese zum Teil verletzt ist. Der Delta-Muskel ist bloßgelegt, in einer Wunde unter dem Schlüsselbein finden sich Papier, wollene Fäden und Schrotkörner. Die Brust zeigt Hautstreifungen, wenn diese durch Hagel herbeigeführt worden wären. Heinemann ist durch den aus geringer Entfernung auf ihn abgefeuerten Schuß arg verwundet worden. Die Wunde wird vom Arzt als lebensgefährlich bezeichnet. Infolge der sonst guten Verfassung des Försters und durch die treffliche Kunst des Arztes und seiner Mittel wird der Verwundete vom Rand des Grabes nach fünf Monate währendem Krankenlager wieder zur Genesung gebracht. Seine volle Gesundheit aber erlangt er nicht wieder. Die Lunge bleibt empfindlich und der linke Arm steif. Kaum vermag der Förster die linke Hand zu gebrauchen. Des Wildschützen Blei hat aus einem starken Manne einen Krüppel gemacht.

Nun da der Wildschütz offensichtlich, unter Zeugen, zum Verbrecher geworden, vermag er nicht mehr zu leugnen. Er will es auch nicht. Er denkt jetzt nur daran, sich zu schützen, den Verfolgungen zu entgehen, die jetzt naturnotwendig gegen ihn ins Werk gesetzt werden. Der Behörden Ansehen, sagt man nun, steht jetzt ganz auf dem Spiele, wenn es ihnen nicht gelänge, diesen Streich, so nennen, es die einen, diese Gewalttat, so bezeichnen es die anderen, ungeahndet zu lassen. Steckbriefe werden erlassen, hohe Belohnungen für denjenigen ausgesetzt, der den Wildschützen lebend oder tot in die Arme der Gerechtigkeit liefern würde. Strengste Befehle an die Sicherheitsbeamten werden gegeben und genaue Vorschriften erlassen, was man tun müsse, um des Wildschützen habhaft zu werden. [/82/]

15.
VERSTECKT IM WALDE

Wildschütz Klostermann ist jetzt zu einer hoch gefährlichen Person geworden. Er spricht ja allem Hohn, was Gesetz heißt, und – was noch am schlimmsten ist – von ihm wenden sich die Leute nicht ab, sondern zu ihm hält immer noch mehr Volk. Gegen Gesetz und Recht stemmt sich der Wildschütz unter Billigung ja Mithilfe vieler, und das darf nicht ungeahndet bleiben. Er muß dem strafenden Arm der Gerechtigkeit übergeben werden, koste es was es wolle.

Zu seinem Fang wird nun eine vollständige kleine Armee organisiert. Es kommt darauf an, dem Verbrecher seinen Aufenthaltsort abzusperren und die Quellen zu verstopfen, aus denen er seine Existenzmittel bezieht. Ein Militärkommando von 56 Mann besetzt zu diesem Zwecke Westheim, und zwar wird es an verschiedenen Stellen verteilt. Ein Teil hält die Ausgänge der Waldungen besetzt, ein anderer Teil patrouilliert in der Gegend und visitiert jeden, der durchkommt. Nun muß doch der Wildschütz zu fangen sein.

Aber der ist in sicherem Verstecke, man findet ihn einfach nicht. Und daß man seiner nicht habhaft wird trotz des Militäraufgebotes, das hebt des Wildschützen Ansehen bei dem Volk ringsum noch mehr. Nach wie vor setzt er seine Beute ab, nach wie vor wird ihm die kräftigste Beihilfe geleistet.

Inmitten der ungeheuer weiten Wälder ist er vor den Verfolgern sicher. Er hat sich im Laufe der Zeit so an das freie Leben gewöhnt, daß er sich eigentlich recht behaglich dabei fühlt. Drückt ihn ein Mangel an Lebensmitteln, dann schleicht er sich auf Pfaden, die nur ihm bekannt sind, durch die Wildnis zu einer nahe gelegenen Ortschaft, nach Rhoden oder Oesdorf oder Blankenrode oder Madfeld, ja gar nach Westheim, und erhandelt sich dann bei Nacht und Nebel schnell das, was ihm fehlt. Gute Freunde hat er überall.

Ein idyllisches Bild ist's, wenn man den Wildschützen so einherschleichen sieht. Die hohe dunkle Gestalt, vom Mondlicht umspielt, – das durch die Bäume dringt, riesige, dunkle Linien auf den Boden zeichnet, und den schwarzen, [/83/] schnell dahineilenden Schatten des Wilddiebes malt, – tut bald langsamer, bald rascher seinen nächtlichen Gang. jetzt horcht er – dann macht er sich wieder auf, nun kriecht er durch das Gestrüpp, dann schreitet er eine Zeitlang im Dunkel des Gehölzes, jedes Pfades kundig und wie ein Indianer auf das kleinste Merkmal achtend, das Blatt, Strauch oder Moos ihm bietet. Wie ein Käfer im Finstern glüht seine Pfeife aus dem Gebüsch. Neben Schießen und Tanzen ist ja das Rauchen des Wildschützen größtes Vergnügen.

Nach Wintertagen ist der Frühling wieder ins Land gezogen, der Wald, sein Wald prangt wieder im vollen Grünschmuck, und im Grünen ist's für den Wildschützen doch besser leben.

Klostermann lächelt oft über seiner Verfolger Bemühungen. Wie er das bloß anstellt, ihnen immer wieder zu entkommen? Die hohen Berge, die Felskanten, sind ihm treffliche Beobachtungsstellen, von denen aus er mit seinen scharfen Augen bis in die Gassen der Dörfer spähen kann. Und ist er mal in den Dörfern dem Verhängnis nahe, von Beamten gestellt zu werden, so flüchtet er im letzten Augenblick in die Wohnungen seiner Freunde. Und wer weiß seine drei – vier Paläste im Walde? Die sind nicht leicht zu finden. Herrlich lebt es sich für den Wildschützen darin. Da ist eine Kluft, von Brombeerstauden und Ginster bedeckt. Klostermann huscht hinein, schattig ist's hier und kühl. Der Eingang zu einer Grotte wird sichtbar. Mit Moos und Blättern ist sie ausstaffiert. Ein großer Stein vertritt die Stelle des Herdes, und hier bereitet der Wildschütz sein Mahl. Er lebt nicht schlecht. An Wildpret ist hier ja kein Mangel. Auch abwechslungsreich ist seine Speisekarte. Dafür sorgt er durch seine Einkäufe in den Dörfern. Sogar Bier liegt im kühlen Felsspalt. Nach dem Diner holt er, seine Pfeife hervor, stopft sie, setzt sie in Brand und geht bergan zu seinem Pavillon. Das ist eine schöne knorrige Eiche, hoch droben an der Felsenwand; da schaut er hinüber zu den Dörfern, zu seinen Füßen ist Wald, ist Heide. Er sieht alles da drunten und wird nicht gesehen. Hier oben reckt er sich behaglich, sein Gewehr, seine treue Waffe, ruht neben ihm, der Dampf seiner Pfeife wirbelt durch die Zweige. O, es ist hier so schön, so wunderschön! Und solcher Paläste hat er im weiten Wald drei – vier. Der tolle Bursche kann und [/84/] will nicht begreifen, warum man ihn in dieser seiner einfachen Lebensweise stören will. Und sicher fühlt er sich hier, so sicher, daß ihm garnicht der Gedanke kommt, man könnte seiner mal habhaft werden, so sicher, daß er seine Verfolger durch immer neue Neckereien reizt.

Da ist er in Westheim gewesen, und man muß seine Anwesenheit erfahren haben, es ist auch zu kühn gewesen, aber hat es glücklich durchgeführt. Nun hat man im Dorfe nach ihm gesucht. Da hört er von einem seiner Pavillons aus, wenn der Wind günstig geht, den Schall eines Signalhornes, er sieht von seinem Versteck aus die Uniformen der Soldaten in den Straßen Westheims. Aber der Wildschütz fühlt sich sicher. Stolz blickt er von der Höhe herab, als ob alles ringsum sein Eigentum sei.

Die Soldaten, die Polizeibeamten suchen fleißig, aber immer vergebens nach dem steckbrieflich Verfolgten, obschon der von Tag zu Tag frecher und dreister wird. Bisher hat er die Zusammenkünfte mit seinen Komplizen im dichten Gehölz an verborgenen Stellen gehabt, dort Wild verhandelt und Schlachtenpläne entworfen. jetzt aber hat er seine Zusammenkünfte am Waldrande und geht zur Nachtzeit in das Haus Lohoffs, seines besten Freundes und Weidgenossen, obschon doch gerade dieses Haus immer stark unter Beobachtung steht. Er trifft Lohoff gerade nicht an, nur Frau Lohoff, die sich über sein Kommen fast bis zu Tode erschrickt. Doch Klostermann meint lachend: „Es hat keine Not, sie finden uns nicht." – Ja, der Wildschütz kehrt sogar am hellichten Tage in den Wald zurück. Er hat soeben im Vorbeigehen einen Rehbock geschossen und wandert keck seine Straße. Hinter ihm ist der Wald umstellt. Vor sich sieht er einen Wagen auf dem Felde. – Mehrere Bauern laden Dünger auf. Soll er abbiegen? Nein, das kommt für ihn nicht infrage, wo es gute Bekannte sind. Er will sie ansprechen. Da trappelt es im Walde, drei berittene Gendarmen nahen; die Gefahr ist groß, daß er nun gefangen wird, – aber Klostermann bleibt ruhig. Die Bauern auf dem Felde sind ja da, auf die kann er sich doch verlassen. Schnell ist er am Düngerwagen: „Polizei ist hinter mir," schnauft er. Die Bauern stellen sich so vor ihn, daß die herannahenden Gendarmen ihn nicht sehen können – ein Ruck – und das Wild fliegt zwischen den Dünger – das Gewehr folgt nach – Klostermann streift den Kittel eines Bauern über. Als [/85/] die berittenen Gendarmen ankommen, ist der

Wildschütz in der Bauerntracht der erste, der ihnen entgegentritt. „Habt ihr den Klostermann nicht gesehen?" fragt ein Beamter, „er war heute in Westheim." – „Ei," entgegnete der Wildschütz barsch, „ich und meine Vettern hier – wir kennen den Klostermann überhaupt nicht." – Die Gendarmen ritten weiter – der Wildschütz, froh, daß er der Gefahr entronnen ist, nimmt seinen Rehbock wieder vom Düngerhaufen und trägt ihn lachend in den Wald.

Einmal, in stiller Nacht, schleicht Klostermann nach Oesdorf, ein andermal macht er sich auf nach Brilon zum Büchsenmacher Lutter, der ihm seine Gewehre reparieren muß. Ein drittes Mal legt er ein schönes Stück Wildpret einer armen Witwe in Westheim auf die Fensterbank, weil er weiß, daß sie Not leidet. Und wieder ein anderes Mal feilscht er mit zwei, drei Bauern am Waldrande um einige Rehböcke.

Nicht eintönig ist des Wildschützen Leben geworden, seitdem er sich in die Wälder zurückzog. Abwechslung hat er, soviel er nur haben mag.

Ein Tag vergeht nach dem anderen, eine Woche nach der anderen, ohne daß man des Verbrechers habhaft würde. Statt daß man hört, er sei gefangen, dringt fast jeden Tag neue Kunde seiner Streiche und Schnippchen unter das Volk.

Obschon er hier und da und dort gesehen wird, überliefert man ihn nicht in die Hände der Polizei.

Eine Frau aber kann sich des Gedankens nicht erwehren, den Wildschützen verraten zu müssen. Eine Frau hat ihm Rache geschworen: Da er ihr Töchterlein liebt, und diese Liebe erwidert wird, da ein Verbrecher in ihrem Hause bei Nacht und Nebel ein- und ausgeht, da durch Klostermann ihr Haus in Verruf kam, da der häusliche Frieden durch ihn gestört ward. Diese Frau wird auch den Wildschützen verraten, wenn es sich trifft. Im Bunde mit der Polizei wird ihr der Fang gelingen, und dann wird sie auch die ausgesetzte Prämie von 500 Talern, doch eine nette Summe Geldes, erhalten. Sie sieht sich schon in deren Besitz und überlegt, was sie alles mit 500 Talern wird beginnen können.

Eine andere Frau aber, des Wilderers Mutter, grämt sich [/86/] jeden Tag mehr um ihren mißratenen Sohn, der auf die Verbrecherlaufbahn gekommen ist. Im Forsthaus Mittelwald stöhnt öfter als sonst ein gequältes Mutterherz auf in wildem Weh bei der Kunde von den Gewalttaten ihres Sohnes Hermann. Sie zweifelt nicht daran, daß sie Hermann Klostermann eines Tages fangen und den Richtern überliefern werden. Sie sieht ihn schon als Verbrecher abgeurteilt und in Schimpf und Schande untergehen. Sie wünscht ihn lieber tot denn als Verbrecher.

Ein Mädchen aber, des Büchsenmachers Töchterlein Luise, hat den Wildschützen immer noch lieb. Sie will nicht von dem stattlichen jungen Manne lassen, trotzdem er Verbrecher geworden ist. Monatelang bekommt sie ihn nicht zu Gesicht und dann nur für ganz kurz bemessene Zeit. Sie hat immer wieder versucht, Klostermann von seinem wilden Waldleben abzubringen, ihn der menschlichen Gemeinschaft erneut zuzuführen. Sie hat nun einen neuen Plan: Sie spart ihre kärglichen Pfennige, sie schindet sich halbe Tage bei fremden Leuten, um das Geld für Hermann Klostermanns Reise nach der neuen Welt, nach Amerika aufzubringen. Einen Teil hat sie zusammen, noch einige Zeit muß sie sich quälen, und dann muß es klappen, die Flucht aus Deutschland. Niemand weiß um den Plan, selbst nicht Hermann Klostermann, der zuerst seinem Vaterlande den Rücken kehren soll, da er sonst ja der irdischen Gerechtigkeit nicht entgehen dürfte. Nach einigen Jahren will Luise Lutter dann ebenfalls nach der neuen Welt übersiedeln. Gemeinsam wollen sie dort den Lebenskampf aufnehmen, auf redliche Weise sich durchs Leben schlagen. Zu Tode erschrocken war sie, als sie von dem Attentat auf den Oberförster und von der schlimmen Verletzung des Försters Heinemann erfuhr. Klostermann hatte ihr beides unumwunden bestätigt, da er blindlings ihr vertraut. Und von der Stunde an war der Plan der Auswanderung nach Amerika in ihr entstanden und zur Ausführung reif geworden. – Sie weiß, daß das einen Bruch mit ihrem Elternhause bedeutet, wie auch jetzt schon nur um Klostermanns Person dauernd Streit und Hader zwischen Meister Lutter, seiner Frau und ihr im Hause herrscht. [/87/]

16.
ENTWISCHT

Klostermann und sein Genosse Lohoff beraten im Hause Lohoffs in
Oesdorf hinter verschlossenen Türen und bei geblendeten Lampen.
Sie entwerfen den Jagdplan für den nächsten Tag. Trotz dauernder
Wachmaßnahmen der Polizei gelingt es ja Klostermann, mit seinem
Jagdgenossen zusammenzukommen, gemeinsam zu beraten und
gemeinsam zu jagen. Beide sind zu gemeinsamen Taten aufs engste
verbunden, sehr zum Leidwesen von Lohoffs Frau, die sich über den
Umgang mit dem Wildschützen und über die dadurch unvermeid-
lich mehr und mehr wachsende Wilddieberei ihres Mannes ärgert
und die Sache kein gutes Ende nehmen sieht.

Klostermann und Lohoff beraten. Dabei hat Lohoff eine seltsame
Nachricht seinem Freunde mitzuteilen. „Ein Holzhändler aus Bre-
men hat sich seit acht Tagen in Westheim und Umgebung eingefunden." – „Das ist doch nichts Wichtiges," meint Klostermann. „Nun
warte ab," entgegnet gereizt sein Jagdgenosse. „Er verkehrt viel mit
den Bauern. Anfangs ging es ganz gut, – aber – der lange Gottlieb
aus Rhoden ist bald dahintergekommen, er hat gesehen, wie Briefe
nach Wrexen auf die Post gegeben wurden – und jetzt haben sie es
heraus: – Der Holzhändler ist kein anderer als Schnepel, der Polizei-
direktor von Minden. Er kundschaftet nach dir. Sieh dich vor, Hermann!" – „Ha, ha, ha," lacht Klostermann, „hat der schon etwas von
mir heraus?" – „Nein, es verrät Dich keiner." „Das will ich meinen,"
sagt der Wildschütz siegesgewiß. „So laß ihn in Gottes- und Dreiteu-
felsnamen nach mir suchen. Der fängt mich nicht." „Aber etwas
mehr Vorsicht ist am Platze," mahnt sein Freund Lohoff. „Und
trotzdem will ich heute mal nach Westheim, in meine Wohnung
gehen," springt Klostermann auf. „Bist Du des Teufels?" will ihn
Lohoff zurückhalten. „Na, ich will es versuchen!" – Und Klostermann macht sich nach Westheim auf. Ungehindert betritt er dort
seine Wohnung, in der er solange nicht gewesen. Die, ihn sehen,
freuen sich, ihren guten Bekannten heil und gesund, frisch und mun-

ter wiederzufinden. [/88/] Er kann sich garnicht denken, daß ihn einer aus Westheim der Polizei melden könnte.

Aber, aber es muß doch wohl einer, vielleicht ungewollt, ausgeplaudert haben, daß Klostermann im Orte sei. Die Soldaten, die in Westheim liegen, haben jedenfalls Wind von dem lange Gesuchten erhalten. Ein Uniformierter raunt es dem anderen zu: Klostermann ist hier! Den müssen wir heute packen! In aller Stille rücken sie aus ihrem Quartier und verteilen sich in den Winkeln und Gassen Westheims. Da gibt ein verabredeter Schuß das Signal. Im Nu dringen an allen Ecken und Enden des Dorfes die 56 Mann des Militärkommandos in die Häuser zur Durchsuchung nach dem Wildschützen.

Der Wildschütz hat den Schuß gehört. Keinen Augenblick zweifelt er daran, daß ihm dieses Zeichen gelte.

Mit einem Sprunge ist er aus dem Hause in dem Garten – er sieht über den Zaun hinweg die Spitzen der Helme der Infanteristen blitzen. Was nun? Seine Stunde scheint gekommen. Sie, müssen ihn jetzt fangen. Hätte er doch auf seines Freundes Reden gehört: Mehr Vorsicht Hermann! Die Gefahr ist groß, riesengroß. Gleich fangen sie ihn, in der nächsten Minute. Wie soll er diesmal entschlüpfen!

Da kommt aus dem Nachbarhause der rettende Engel. Ein Mädchen, ein hübsches Mädchen, mit dem er oft getanzt, steht neben ihm, packt ihn am Arme. „Hier hinein!" flüstert sie ihm ins Ohr und deutet mit der Hand auf eine Kalkgrube. Dieser Befehl ist dem Wildschützen heilig. Ohne Verzug springt er in die Grube, kauert sich in eine Ecke und hält den Atem an. Werden die Soldaten ihn hier finden?

Das Mädchen wirft Bretter über den unterirdischen Schlupfwinkel. Nur durch einige Ritzen dringt das Licht zu ihm. Er spitzt die Ohren. Nur wenige Schritte sind Leute, Soldaten von ihm entfernt. Er hört sie rufen: „Hier muß er sein." Er hört sie ins Haus eilen, das sie von oben bis unten durchstöbern.

Werden sie nicht die Grube entdecken? Der Wildschütz kauert sich zur Abwechslung in die andere Ecke. Da rieselt es durch die Ritzen von Unkraut und Erdkrumen. jetzt sind die Soldaten dicht bei der Bretterdecke. Aber sie gehen nicht darüber. Sie bemerken die Kalkgrube nicht. Warum [/89/] nicht? Das Mädchen hat pfiffig einen großen Berg Unkrauts auf die Bretterdecke gewälzt. Die Tritte

der Suchenden verhallen. Noch einige Minuten wartet der Wildschütz in seinem Versteck. Dann kriecht er hervor. Seine Verfolger
sind fort, er ist wie durch ein Wunder gerettet. Nun macht er sich
aus Westheim auf und davon. Eine Viertelstunde später nimmt ihn
der Wald auf, sein großes Versteck, wo er sich sicher fühlt.

Wie ein Lauffeuer durcheilt die Kunde von der neuen Entwei-
chung des Wildschützen Westheim und pflanzt sich fort von Ort zu
Ort, durch die ganze Gegend.

In jeder Kneipe wird es erzählt, von Stammtisch geht es zu
Stammtisch, und von einer Haustür zur anderen tuschelt Frau Fama
über das mit Hilfe des entschlossenen Mädchens geglückte Entwischen Klostermanns.

Der Holzbauer, der Hopfengörg, der dicke Schmied von Warburg
und der Sägemüller von Stadtberge, sie alle lachen sich ins Fäust-
chen. Sie gehören nun einmal zu den Gegnern des Jagdgesetzes.
Vielleicht auch, – man möchte sagen: ganz gewiß – hat schon mancher auf Rechnung des Wildschützen in stiller Mondnacht ein Reh-
böckchen weggeknallt und ein paar Hasen im Garn gefangen.

Die Behörden verdoppeln gegen den Sommer ihren Eifer zum Fange
des ihnen verhaßten Wilddiebes. Das Militärkommando wird in fünf
Stationen geteilt, die sich regelmäßig untereinander zu verständigen
haben. Gewaltsam vorzugehen, das scheint jetzt das einzige Mittel
zu sein, von dem man sich Erfolg versprechen kann. Nur mit Gewalt
kann man des Wildschützen habhaft werden, denn an Intrigen und
Schlichen und Kniffen ist er den Behörden weit über. Eine erhöhte
Prämie, die die Fürstlich Waldeckische Regierung aufs neue aus-
setzt, ist ebenfalls ohne jede Wirkung. Den Judaslohn des Verrates
will sich keiner der Leute verdienen. Auch Polizeiinspektor Schnepel, ein ausgezeichneter Beamter, von dessen geheimnisvoller und
gefährlicher Mission der Wildschütz ja rechtzeitig Wind bekommen
hatte, muß unverrichteter Sache wieder heimkehren.

Und Klostermann knallt lustig weiter. Genug Spuren finden sich,
wie früher schon, von ausgebrochenem Wild und Federn von Geflü-
gel. Man weiß z. B. ganz genau, daß der Wildschütz bei Lohoff gewesen ist, – aber wo bleiben die [/90/] Beweise? – Die Behörde läßt
auch durch ihre Organe nichts unversucht, die Absatzorte zu ermit-

teln, an denen Klostermann seine Beute versilbert oder vertauscht,
aber auch all diese Ermittlungen schlagen fehl.

Morgens um 5 Uhr kommt regelmäßig die Post von Stadtberge
nach Westheim, beim Posthalter Becker nimmt sie ihren Anfang.
Schon eine Zeitlang wird diese Postkutsche jeden Morgen genau
untersucht. Jeder Reisende muß sich einer genauen Kontrolle mit
Feststellung der Personalien unterziehen. – Von Zeit zu Zeit untersuchen die Polizisten auch die Säcke der die Straße Stadtberge –
Westheim passierenden Fahrzeuge, da sie vermuten, der Wildschütz
könne sich in solchem Versteck leicht transportieren lassen. Sie ste-
chen mit ihren blanken Waffen in die Säcke, wie sehr auch die Fahr-
zeughalter versichern, keine verdächtige Fracht auf ihren Wagen zu
haben. Klostermann schickt eines Tages durch die Post an Fleckner
in Westheim, der Schneider ist, ein Paket. Darin befindet sich ein
alter Militärmantel. Aus diesem soll für ihn ein Kleidungsstück ge-
fertigt werden. Das Paket fällt, infolge des Absender-Vermerkes
„Hermann Klostermann" in die Hände der Polizei, die es öffnet. Jetzt
werden wir den Burschen fangen, sagt sich die Polizei. Klostermann
muß doch zu Fleckners hin, um sich Maß nehmen zu lassen. Noch
schärfer als sonst wird das Haus Fleckner in Westheim unter Bewa-
chung gestellt. Doch wie so oft hat auch in diesem Falle die Polizei
die Rechnung ohne den Wirt gemacht: Klostermann erscheint einfach nicht auf der Bildfläche. Ob er wieder rechtzeitig Wind von der
Beschlagnahme des Paketes erhalten hat? Der Wildschütz ist eines
Tages, incognito natürlich, in Stadtberge. In der Verkleidung eines
Bauern mit langem Backenbart streift er durch das Landstädtchen,
über dem Sommerhitze brütet. Selbst seinen besten Freunden, die
ihm begegnen, bleibt er unerkannt. Man kümmert sich auch nicht
weiter um diesen Bauern, der seinesgleichen dem Aussehen nach in
Stadtberge so viele hat. Klostermann kommt über die große steiner-
ne Diemelbrücke aus der eigentlichen Stadt „vors Tor". In die Trift
biegt er ein, die Josefskapelle mit der alten Linde läßt er rechts liegen. Nur wenige Häuser sind hier gebaut, das meiste ist noch Feld
und Garten und Wiese. Da begegnet ihm eine Frau, die zum Einkau-
fen in [/91/] die Stadt über die Brücke will. Sie ist dem Wildschützen, wohlbekannt. Warum soll er sie nicht ansprechen, mit ihr ein
Plauderstündchen halten, selbst wenn sie die Frau des Polizisten

Schröder ist, der in der Trift wohnt? Sie wird ihn gewiß nicht erkennen. Der Bauer, alias der Wildschütz, spricht die Frau an. Er fragt sie nach diesem und jenem in Stadtberge. Frau Schröder gibt ihm bereitwilligst Auskunft. „Ist der Herr Schröder heute nicht zu Hause?" will Klostermann wissen. „Nein, er ist heute mit vielen Kollegen aus der Umgebung unterwegs. Sie wollen den Klostermann suchen, wißt Ihr, den Wildschützen, dem sie schon solange aufpassen. Wenn sie den doch erst mal hätten! Dann wäre mein Mann froh und ich mit dabei. Der macht doch viel Arbeit ..." – „Gewiß, gewiß", bestätigt Klostermann, „der Plagegeist der Behörden." – „Schon früh ging mein Mann heute morgen los, und erst spät am Abend kehrt er müde heim. Wollt Ihr auf ihn warten – oder kann ich ihm was bestellen?" „Auf ihn warten, das kann ich nicht," entgegnete der Wildschütz-Bauer, „aber Ihr könnt ihm einen schönen Gruß bestellen – von Hermann Klostermann!" Noch ehe sich die Frau von ihrem Schrecken erholt hat, daß der lange gesuchte Wildschütz leibhaftig vor ihr stand, noch ehe sie ins nahe Amtshaus gehen kann, ist der freche Bursche ihren Augen entschwunden, in den Heidenberg hinein.

Was nützt es, daß am Abend Polizist Schröder, der mit seinen Kollegen den ganzen Tag wieder vergeblich nach dem Wildschützen gesucht hat, schimpft und wettert; was nützt es ihm, daß er seiner Frau Vorhaltungen macht darüber, daß sie nicht sofort die Maßnahmen zur Ergreifung des dreisten Wilddiebes eingeleitet hat! Der Wildschütz ist mal wieder entschlüpft. Nun veranstaltet man ein großes Kesseltreiben. Soldaten, Gendarmen und Forstbeamte aus der ganzen Gegend bilden eine bewaffnete Kette, die aus Nord und Süd und Ost und West in das große Waldrevier vorrückt. Durch diese Kette kann der Wildschütz unmöglich lebend entschlüpfen. Im großen Waldrevier ist er, und man wird ihn fangen, lebend oder tot.

Der Wildschütz aber hat sich in einen seiner unterirdischen Paläste zurückgezogen. Keiner aus der Sperrkette findet sein Versteck. Die Treiber kehren ohne Beute heim. – Man glaubt allen Ernstes daran, der Wildschütz könne sich unsichtbar machen, er besitze eine Tarnkappe, er stehe mit dem Teufel im Bunde. [/92/]

17.
IMMER WIEDER ENTWISCHT

Da meldet Amtmann Brunstein zu Fürstenberg der Polizei, daß der Wildschütz jetzt häufig in Oesdorf verkehre, entweder bei Lohoff oder im Hause eines gewissen Vonrüden. Die in der Umgebung stationierten Beamten geben ob dieser Meldung doppelt scharf acht. Und wirklich eines Abends kommt die Nachricht: Klostermann ist in Oesdorf, er ist bei Vonrüden. Leise und sicher rücken die Gendarmen, vier – fünf – sechs, vor das Haus, umstellen dies, ein Pfiff – und alle Gendarmen mit geladenem Revolver rücken in das Haus.

Es geht schon gegen Morgen. Klostermann hat nach langer Zeit endlich mal wieder unter einem Dache geschlafen, in einem richtigen Bett. Schlaftrunken reibt er sich die Augen, er hat den Pfiff gehört, er ist dadurch aufgewacht, aus dem Bett gesprungen. Wo ist sein Zeug? Doch zum Ankleiden hat er keine Zeit, schon sind die Gendarmen in der Nebenkammer. Wo ist seine Büchse, damit er sich wehren kann? Die ist im Nebenzimmer und nicht mehr zu erreichen. Der Wildschütz kann jetzt seine Waffe nicht gegen die Andringenden richten. Jetzt muß der Augenblick da sein, wo sie ihn fangen.

Jetzt dringen die Gendarmen in seine Schlafkammer. Nur mit dem Hemd ist er bekleidet. Als die Beamten ihn ergreifen wollen, huscht er durch die Tür fort, – ins Nebenzimmer. Hier greift er zu seinem Gewehr. Es wird Blut kosten. Aber Klostermann hat mit einem Blick die gefährliche Lage erkannt. Schießen, das wäre hier Torheit. Die Verfolger sind zu zahlreich. Sie stehen zu dicht hinter ihm. Drum: zuerst einen Sprung aus dem Fenster! Da packt die Faust eines Gendarmen des Wildschützen nacktes Bein am Knöchel. „Hierher!" ruft er seinen Kollegen zu, „ich hab' ihn schon." Doch der Wildschütz gibt dem Verfolger einen gewaltigen Stoß, daß er zurücktaumelt und sein Bein losläßt. Diesen Augenblick nützt der Flüchtende geschickt.

Wie der Blitz ist er in einem anderen Zimmer, an einem nun leeren Fenster. [/93/] Ein Schuß kracht hinaus. Sogleich sind die Gendarmen allesamt an dem Fenster, von wo der Schuß fiel. Aus dem Fenster wird doch der Wildschütz ins Freie flüchten wollen. Alles ist nur das Werk eines Augenblickes. Das hat der schlaue Bursche nur gewollt, daß ihm seine Verfolger an das Fenster folgen, von wo er schoß. Mit der Gelenkigkeit des Hirsches begabt, fliegt er zurück an das nun unbewachte Fenster, aus dem er zuerst den Sprung in die Freiheit versuchte. Noch umhüllt der Rauch des Schusses das Fenster, wo ihn seine Verfolger erwarten, da trägt ein verzweifelter Sprung aus dem andern unbewachten Fenster den nackten Wildschützen hinaus in den dämmernden Morgen.

In gewaltigen Sätzen stürmt er durch den Garten, setzt er über die Hecken. Blut rinnt ihm von Ferse und Knöchel infolge des festen Zugriffes der Gendarmenfaust. Nur mit dem Hemd bekleidet rast er dem Walde entgegen. Ihm setzen die Gendarmen nach. Doch diesem tollen Läufer, der mit dem fliehenden Wilde an Schnelligkeit wetteifert, vermag keiner der eifrigen Verfolger gleichzukommen. Atemlos müssen sie zurückbleiben. Voll Zorn sehen die Gendarmen den Wildschützen, den man so gut wie sicher in den Händen wähnte, in den Büschen verschwinden. Und da geben sie jede weitere Bemühung auf; denn sie wissen aus eigener, oft genug bestätigter Erfahrung, daß Klostermann im Walde nicht zu ergreifen ist.

In dem Zimmer im Hause Vonrüden in Oesdorf, wo Klostermann schlief, findet man sein Gewehr und seine Kleider. Aus der Tasche der Joppe zieht man den Steckbrief, den die Behörden gegen ihn erlassen haben.

Der Wildschütz hat seine Kleider, sein Gewehr eingebüßt. Nackt und bloß hat er sich in seinen Wald zurückziehen müssen, aber er hat sich gerettet aus den Armen seiner Verfolger durch seine Kühnheit und übermenschliche Schnelligkeit.

Zwei Tage verstreichen, da kommt eine Meldung, die die Behörden in nicht geringes Erstaunen versetzt: Wildschütz Klostermann ist wieder gesehen worden. Von Kopf bis zu Fuß ist er neu gekleidet, er trägt eine Jagdtasche und ein gutes Doppelgewehr.

Das geht denen, die es hören, und vor allem der Behörde gegen die Hutschnur: das ist des Guten zuviel. Es liegt klar und deutlich zu Tage: Der Wildschütz muß die eifrigsten [/94/] Freunde haben, die ihm so schnell neue Kleidung verschafft haben. Aber wer sind seine Freunde, wer alle?

Bald hört man vom Wildschützen, er sei wieder im Waldeckschen. Hier im Gebiet der Bruchmühle beim Orte Neudorf läßt sich's in den dichten Wäldern so gut für ihn jagen. Nur selten kommt in diesen Distrikt Besuch, wo in einer Lichtung die Mühle steht mit einem Bauernhaus als Gasthaus daneben.

Friedlich und ungestört können hier die Jagdpächter und Jagdeigner, zu denen zuerst der Fürst von Waldeck selber zählt, auf das hohe und niedere Getier jagen. Manch feisten Bock und viele „Krumme" birgt dieses Waldeckische Revier, kein Wunder, weshalb sich auch Klostermann gerne in diesem „seinem Revier" aufhält und darin nach Herzenslust jagt.

Im gastlichen Hause der Bruchmühle, bei Schöning, glaubt er sich auch sicher vor seinen Verfolgern. Er ist dort ein lieber Gast an manchem Abend gewesen und will es auch jetzt, bei den für ihn so schwierigen Verhältnissen, bleiben.

Da kommt wie ein Blitz aus heiterem Himmel plötzlich Leben in das ruhige Tal. Von Arolsen kommt ein Trupp Soldaten in der Nacht angerückt. Sie wollen Klostermann auf der Bruchmühle fangen. Woher nur die Kunde zum Fürsten gedrungen ist, daß der Wildschütz sich das Revier um die Bruchmühle jetzt als Tätigkeitsfeld ausgesucht hat? Ob sein geheimnisvoller Aufenthaltsort durch einen dienstbaren Geist vielleicht unvorsichtigerweise und ungewollt verraten wurde?

Das Gehöft der Bruchmühle ist von den Soldaten bald umstellt. Auf ein Kommando dringen sie mitten in der Nacht ins Haus ein, um es nach dem Wildschützen zu durchsuchen. Alle Bewohner der Bruchmühle, groß und klein, müssen aus den Betten. Klostermann, hellhörig wie er ist, hat in seiner Kammer – er schläft mit dem Knecht in einem Bett – die verdächtigen Tritte ums Haus gehört und ist, nichts Gutes ahnend, von seiner Lagerstatt aufgesprungen. Als er nun gar die Soldaten bei der Frau des Besitzer Schöning – Schöning selbst ist zum Skatspielen nach Neudorf – Einlaß begehren hört, als er vernimmt, daß die Haustür geöffnet wird, da ist es für ihn klar: Er muß schnellstens [/95/] in ein sicheres Versteck verschwinden, sonst ist er verloren. Mit dem Knecht wechselt er einige Worte.

So schnell wie dem Wildschützen der Gedanke kommt, so schnell ist er auch ausgeführt. Hausgelegenheit weiß er ja zur Genüge. Hinunter in die Backstube! Dort wird man vorläufig nicht suchen. In der Backstube steht ein großer Backofen, worin die Brote gebacken werden. Von dem Ofen aus kann man bequem in den Schornstein gelangen. Also kriecht Hermann Klostermann in den Backofen und von da weiter in den luftigen, rußigen Schornstein. Was tut es ihm, daß er schwarz wird wie- ein Neger! Hier heißt es: Rette sich, wer kann.

Klostermanns Vermutung ist richtig: Die Soldaten durchsuchen das ganze Haus vom Keller bis zum Boden, und das gründlich. Die Hauswirtin Schöning hat ihnen auf Befragen bestätigen müssen, daß sich Hermann Klostermann ihres Wissens, aber ohne ihren Willen im Hause befinde. Die Verfolger kommen auch auf die Knechtekammer. Hier finden sie den Knecht, aber nicht mehr Klostermann. Im großen Bett hat sich der Knecht quergelegt, um jede Spur eines zweiten Schläfers zu verwischen. Auch aus dieser Knechtekammer müssen die Soldaten unverrichteter Sache wieder abziehen. Daß der Gesuchte im Schornstein stecken könnte, kommt keinem in den Sinn. Wetternd und fluchend kehrt das Militärkommando der Bruchmühle den Rücken, und ganz gemütlich entsteigt der Wildschütz seinem schwarzen Versteck, froh, wieder mal eine gefährliche Lage gemeistert zu haben.

Wer nun glaubt, Klostermann sei infolge der Militärstreife aus dem Revier um die Bruchmühle ausgezogen, der irrt sich. Selbstsicherer als zuvor jagt er gerade in diesem Revier, schießt dem Fürsten die besten Böcke weg und tut, als ob die tiefen Jagdgründe einzig und allein ihm gehören.

Natürlich jagt er nicht allein im Waldeckischen. Bald ist er im Bredelarer Forst, bald im Hardehausener Wald. Einmal lockt ihn wieder die Lust, ein tolles Wagnis zu vollführen, entgegen den Warnungen seiner Freunde. Er schleicht sich nach Oesdorf und bleibt dort einige Tage in menschlicher Gesellschaft, die ihm nach Wochen einsamen Waldlebens richtig wohltut. Weiß der Himmel, wie die Polizei von seinem neuerlichen Aufenthalt in Oesdorf Wind bekommen hat – ein ganzes Jägerbataillon wird aufgeboten, das [/96/] Oesdorf umzingelt, um den Wildschützen zu fangen. Alles ist in

Oesdorf beim Herannahen des Militärs auf den Beinen. Alles weiß, was dieses Manöver zu bedeuten hat; alles fürchtet für den Wildschützen, der sich gewiß nicht aus dieser Schlinge wird ziehen können, und der seinen Leichtsinn vielleicht mit dem Leben bezahlen muß.

Klostermann bleibt ruhig. Er hat sich seinen Plan wohl überlegt. Ein Entweichen ist unmöglich, ein sicheres Versteck nicht aufzutreiben. Was nun? Allein eine Verkleidung kann ihn diesmal retten. Er besorgt sich einen Weiberrock und eine weiße Sonnenhaube, wie sie die Frauen und Mädchen im Sommer zum Schutze gegen die Sonne in Feld und Garten aufsetzen. Der Wildschütz gibt sich mit gutem Geschick als altes Mütterchen aus und geht in den Garten, um mühselig einige Gartenarbeiten zu verrichten.

Die Jäger, die Oesdorf nach Hermann Klostermann in allen Richtungen durchstöbern, diesen fragen und jenen, ob man ihn nicht gesehen, wenden sich auch an das „alte Mütterchen", wünschen ihm einen guten Tag und meinen es gut, indem sie die alte Frau auffordern, es langsam gehen zu lassen. Das „alte Mütterchen" antwortet gebrochen: „Ja, es muß schon sein! Was muß ich mich auf meine alten Tage noch quälen!" Die Jäger verabschieden sich von ihm und gehen weiter auf die Suche nach dem Wildschützen, den sie selbstverständlich auch dieses Mal nicht fangen. Die Aufbietung des ganzen Jägerbataillons ist umsonst gewesen. Seine Schlauheit hat den Wildschützen wieder vor dem sicheren Verderben bewahrt. Auch in Wrexen entgeht er dem Verhängnis. Diesmal versteckt er sich in der Diemelmühle in einem Kleiderschrank, in einem an sich alltäglichen Versteck. Und doch wird der Wildschütz in dem Kleiderschrank nicht vermutet und nicht gefunden. In Westheim klopfen bei Garbes mal wieder die Gendarmen an. Man vermutet nicht nur, daß Klostermann im Hause schläft, nein, man weiß es ganz genau. Klostermann hat im Schlaf das Klopfen gehört und springt aus seiner Lagerstatt auf der Pferdekammer beim Knecht auf. Sein gastlicher Hauswirt, der es wie viele andere, gut mit dem Wildschützen, meint, öffnet nicht sogleich, sondern erbittet von den Einlaßbegehrenden Zeit, indem er sagt: „Einen Augenblick bitte! [/97/] Ich muß mir erst die Hose anziehen." Geschwind springt er die Treppe hinauf, verständigt den bereits aufgewachten und fluchtbereiten Wildschützen, weckt den Knecht und gibt ihm in Eile Anweisungen. Und Klostermann samt Knecht rennen in den Stall. Klostermann legt sich in die Pferdekrippe und der Knecht deckt ihn mit Heu und Hecksel zu. All das ist das Werk weniger Augenblicke, aber so geschickt gemacht, daß die Gendarmen, die das ganze Haus mitten in der Nacht durchsuchen, auch hier wieder unverrichteter Sache abziehen müssen. [/98/]

18.
FÜNFHUNDERT TALER

Im Hause des Büchsenmachers Lutter zu Brilon herrscht seit einiger Zeit nur Unfriede und Hader und Zank. Frau Lutter wettert darauf los, wenn sich eben Gelegenheit bietet. Sie schimpft über ihren Mann, über ihre Tochter, sie schimpft über die Büchsenmacherei und die ruhige, sich ihrem Willen widersetzende Tochter Luise. Kein Wunder ist's deshalb, daß Meister Lutter häufiger als sonst außerhalb des Hauses weilt, in die Wirtschaften einkehrt und sich darin bis spät in die Nacht aufhält. Er ist auf dem besten Wege, sein Geschäft zu vernachlässigen und sich dem Trunke zu ergeben. Kein Wunder ist's deshalb, daß auch die Tochter Luise jede Gelegenheit benutzt, am Tage aus dem Hause zu kommen, um nicht dauernd den Familienhader in den Ohren zu haben. Ihr sonst freundliches Wesen hat sich gewandelt; sie ist ganz verschlossen geworden und schweigsam, wenig zugänglich selbst für ihre Freundinnen.

Nach einem unfreundlichen Tag – das Wetter tat das Seinige dazu – hat sich Frau Lutter zu Bett begeben, nicht ohne der Tochter ein paar mürrische Worte mit auf den Weg zur Schlafkammer zu geben. Meister Lutter ist wie so oft noch nicht heimgekehrt, sitzt irgendwo in einer Kneipe Brilons fest und kann sich noch garnicht zum Nachhauseweg entschließen.

Frau Lutter kann infolge der Aufregungen des Tages nicht einschlafen. Immer wieder kommen ihr ja die mißliebigen Verhältnisse in den Sinn, in denen sie jetzt lebt. Aus einem einst blühenden Geschäft ist ein Gewerbe geworden, das kaum die Familie ernährt. Aus ihrem einst fleißigen Manne ist ein Trottel geworden, der nur das tut, was er gerade muß. Aus ihrer sonst stets frohen und munteren Tochter Luise ist ein mürrisches, einsilbiges Mädchen geworden, das den Kopf hängen läßt.

Aus diesem Zustande der geldlichen Schwierigkeiten und des Familienzankes muß sie heraus. Das darf kein Dauerzustand werden, der sich von Tag zu Tag noch verschlimmert. [/99/] Aber wie?

Schon vor Monaten ist ihr ein Gedanke gekommen, der sich durch ihren Arbeitstag und ihre schlaflosen Nächte fortpflanzte, und der nun greifbare Wirklichkeit werden muß, soll sie mit ihrer Familie nicht untergehen.

500 Taler! Die spuken ihr Tag um Tag und Nacht um Nacht im Kopfe herum. 500 Taler! Die martern ihr Gehirn im Wachen und Träumen! 500 Taler! 500 blanke Taler sieht sie in ihrer Hand, – die all ihr Elend wenden. 500 Taler! Die sieht sie zum Teil aufgewendet für ihre Luise und an deren Arm einen stattlichen Gatten, den Nachbars Fritz. 500 Taler! Die muß sie haben, koste es, was es wolle. 500 Taler! Die sind der Judaslohn für den Verrat des Wildschützen Hermann Klostermann, des Verbrechers: 500 Taler demjenigen, der ihn lebend oder tot in die Hände der Polizei bringt. Und das bringt sie fertig. Meister Lutter und die Luise wissen ja nicht um den Plan. Meister Lutter darf es nicht wissen, er hält zu dem Wildschützen als einem treuen Kunden. Luise verehrt den stattlichen Hermann als ihren Geliebten, von dem sie auch nicht lassen kann, als er die Verbrecherbahn beschritten.

Ja, Frau Lutter bringt es schon fertig, trotz aller häuslichen Widerstände zunächst den Wildschützen in die Hände der Polizei zu spielen, dann die Belohnung dankend zu quittieren und schließlich ihren letzten Wunsch erfüllt zu sehen: Luise an der Seite eines wohlhabenden Mannes, der für sie alle wird sorgen können. Was keiner und keine im ganzen Umkreise nur zu denken wagt, damit martert sie ihr Gehirn schon monatelang, daran ist sie, es täglich auszuführen.

Was bedeuten denn die häufigen Zusammenkünfte mit dem Polizeisergeanten Aust in Brilon anders als die Vorbereitungen zur Durchführung ihres verräterischen Planes? Warum läuft sie bei Nacht und Nebel, wenn sich gerade günstige Gelegenheit bietet, daß Mann und Tochter nichts merken, zur Wohnung des Beamten? Warum erzählt sie ihm vom Wildschützen in allen Einzelheiten, was sie weiß? Zu welchem Zwecke kam vor kurzem der Polizeisergeant in ihr Haus, als Mann und Tochter nicht anwesend waren, zu welchem Zwecke anders, als um die Örtlichkeit genauestens zu studieren?

Bald muß er kommen, der verhaßte Wildschütz! Wie heißt doch noch die mit Aust vereinbarte Formel? „Er ist da!" spricht Frau Lut-

ter in ihrem Schlafgemach leise vor [/100/] sich hin. „Er ist da!"
wiederholt sie zu ihrer Beruhigung einige Male. „Er ist da!" möchte
sie jetzt aufschreien, es hinausrufen in die Nacht, daß es Aust hörte,
daß er käme und den Wildschützen, den verfluchten Mann, fest-
nähme, auf daß sie dann morgen ihren Lohn in Empfang nehmen
könnte, blanke 500 Taler, eins-, zwei-, drei-, vier-, fünfhundert bare
Taler ... Wie wenn sie einen Sack mit 500 Silbertalern in der Hand
hätte, so schwer wird jetzt ihre Hand und bleiern schwer werden
ihre Augenlieder, und bleiern schwer senkt sich der Schlaf auf die
unglückliche Frau und läßt sie bis zum Morgen all ihr Leid und Hoffen vergessen, wenn auch in wirren Traumbildern zusammenhang-
los Wildschütz und Taler und Luise und Doppelflinte und Aust wild
durcheinander wirbeln.

Es ist gut, daß Frau Lutter in Morpheus Armen ruht. Sonst hörte
sie jetzt ein leises Schluchzen aus der Schlafkammer nebenan, ein
Weinen ihrer Tochter Luise, die sich über die ständigen Scheltworte
der Mutter erregt. Kein freundliches Wort hört sie ja mehr im Hause,
kalt ist es und liebeleer. Aber Luise tröstet sich auch heute wieder in
dem Gedanken, daß die Leidenszeit bald vorüber sei. Nur noch ein
halbes Jahr, dann ist es so weit. Dann hat sie das Geld zusammen für
die Reise des Wildschützen nach Amerika. 200 Taler reichen dafür
aus. Dann ist er gerettet-. Bange Sorge beschleicht Luise jetzt: Der
Gedanke, daß man ihn bis dahin fangen könnte, ist ihr bis heute
noch gar nicht gekommen. Aber – und die Hoffnung behält die
Oberhand – er hat sich solange vor den Verfolgern schützen können,
jahrelang, dann wird ihm auch in nächster Zeit nichts passieren. Ein
Gebet schickt Luise zum Himmel, der Herr möge Hermann Klostermann beschirmen.

Es ist gut, daß Mutter und Tochter in tiefem Schlaf ruhen, daß sie
Meister Lutter mit einem Begleiter nicht heimkehren hören.

Jetzt schließt Meister Lutter am Türschloß, jetzt treten zwei Männer ins Haus. Dann gehen sie durch den Hausflur in die Werkstatt,
machen vorsichtig Licht und schließen die Blendladen. Meister Lutter holt ein doppelläufiges Gewehr hervor, das er gründlich nachge-
sehen hat, und übergibt es seinem Begleiter.

Von der Werkstatt geht es in ein enges Gemach, das zum [/101/]
Hof ein Fenster hat. Hier will er die Nacht verbringen. Eine Kerze

wirft spärliches Licht in den Raum und malt die Schatten der beiden Männer an die Wand, große Schatten, die wie Gespenster aussehen.

Was mögen die beiden bloß um diese späte Stunde noch beraten? Sicherlich solches, was das Licht der Sonne nicht vertragen kann. Heftig redet jetzt Meister Lutter auf den nächtlichen Gast ein. Im Fluß der Rede und Antwort vergessen die beiden bald ganz, daß ihre lauten Stimmen durch das ganze Haus schallen und durch die dünnen Wände sogar nach draußen hörbar werden.

Endlich sind sie handelseinig. Noch ein letztes Gutenacht und der Meister schleicht nach oben, der fremde Gast streckt seine müden Glieder auf seinem Bett aus und schläft den Schlaf des Gerechten ... bis zum Morgengrauen. Ehe die Sonne aufgeht, erhebt er sich und verschwindet aus dem Haus, die Doppelflinte auf dem Rücken, die Jagdtasche voll Leckerbissen. Er verschwindet in Richtung Stadtberge, im tiefem Wald, dort, wo die Drossel singt und das muntere Rehlein springt.

Meister Lutter aber hütet sich, anderntags irgendeinem etwas von dem nächtlichen Gast zu erzählen, den er in der Nähe seines Hauses auf dem Heimweg traf, der zu ihm wollte, der nicht mehr so häufig und dann nur in der Nacht zu ihm kommt und immer früh wieder verschwindet.

Im Forsthaus Mittelwald ist Besuch angekommen. Änne, die seit Jahren in der weiten Welt lebt, – sie ist Förster Dalchows Stieftochter, die Tochter Mutter Dalchows aus erster Ehe, ist zu Besuch bei den Eltern. War das eine Freude, als der Waldmann und der Treff durch Bellen ihre Ankunft meldeten! Wie freut sich jetzt das ganze Haus, daß sie da ist, dies und jenes zurecht machen kann und immer neues zu berichten weiß aus der weiten Welt hinter den Wäldern!

Schlank ist Änne wie ein Reh, Wangen hat sie wie Milch, und Blut und Augen so blau und blank, daß es ein Vergnügen ist, drein zu schauen. Ihr Lachen durchwärmt das ganze Haus, weil es so hell klingt, so silbrig. Mit Aenne ist mehr Freude ins Försterhaus eingekehrt. Durch die Tochter Aenne erheitern sich auch die Züge der im Leid grau [/102/] gewordenen Mutter Dalchow. – In der ganzen Nachbarschaft spricht es sich herum: Aenne ist wieder im Forsthaus Mittelwald. Wer sich eben einen Weg zum Forsthaus einrichten kann, der spricht hier vor, um den Besuch zu begrüßen und mit Aenne ein Weilchen zu plaudern über die Welt da draußen hinter den weiten Wäldern.

Kein Wunder ist's, daß sich sofort auch des Schulzen Sohn Karl aus Kleinenberg einstellt, um Aenne, der er seit langem sehr zugetan ist, seine Aufwartung zu machen. Ins Försterhaus mag er nicht gehen, nur möchte er sie so im Vorbeigehen flüchtig grüßen und morgen mit ihr ein wenig plaudern und am Sonntag sie nach Kleinenberg zum Tanze einladen. Richtig: er sieht beim Forsthaus Mittelwald Aenne zufällig im Garten stehen und grüßt sie freundlich. Aenne grüßt den Schulzen Sohn wieder und spricht sogar, als er stehen bleibt, ein paar Worte mit ihm. Und da fühlt er, daß Blut in den Kopf steigt, und er wird so verlegen, daß er kaum noch weiß, was er ihr sagen soll. Und am anderen Tage und jeden Tag richtet er es so ein, daß sein Weg ihn am Forsthaus Mittelwald vorbeiführt, und schielt er immer sehnsüchtig nach dem Haus und in den Garten, ob sie sich nicht blicken läßt, und wenn er dann ab und zu ihr lachendes Gesicht aus dem Fensterrahmen oder durch das Grün der Bäume leuchten sieht, dann fühlt er, daß er rot wird bis unter den Hut. Doch, wenn auch Änne ihm gegenüber immer freundlich ist, so muß Karl doch bald die Feststellung machen, daß von einem Entgegenkommen oder gar von einer Neigung von Aennes Seite her gar keine Rede sein kann. Und das wurmt den Schulzen Sohn mächtig und er ist totunglücklich. Seine gleichaltrigen Dorfgenossen sind bald dahinter, was den Karl in der letzten Zeit so drückt, und nun macht ihn das Hänseln bald ganz toll.

Aber der Schlag hätte Karl bald getroffen, als er an einem Samstag abend Aenne, seine Aenne, sitzen sieht auf der Bank am Heiligenhäuschen dicht an der Seite von Hannes Hallerkamp. – Hannes Hallerkamp, der einzige Sohn vom Holzhändler Hallerkamp, ist ein ordentlicher Kerl. So sagen wenigstens die meisten in Kleinenberg. Hannes raucht nicht, Hannes geht nicht ins Wirtshaus, Hannes ist nur selten auf Festen zu finden, obschon er beinahe der beste Tänzer im ganzen Dorfe ist. Selten ist er in Gesellschaft, meistens geht er allein spazieren. Wenn in früheren Jahren der alte [/103/] Hallerkamp, um Stämme zu kaufen, ins Holz gegangen ist, hat er meistens Hannes mitgenommen, und dann ist es wohl oft vorgekommen, daß

Förster Dalchow, der den Händlern das Holz zuweist, seine Aenne mitgebracht hat. Dadurch hat Hannes die Aenne kennen gelernt; aber seit Jahren hatten sich die beiden nicht mehr gesehen. Groß ist auch seine Freude gewesen, als er nun Aenne wieder in Mittelwald wußte und sie besuchen konnte.

Des Schulzen Sohn Karl ist an dem Abend, als er die beiden hat auf der Bank sitzen sehen, vor Wut und Ärger früh nach Hause gegangen, hat im Bette lange darüber nachgedacht, wie er dem Hannes eins auswischen und ihm einen saftigen Streich spielen könnte, und ist erst gegen zwei eingeschlafen.

Die Gelegenheit, seinen Plan auszuführen, hat sich bald gefunden.

Wenn man von Hallerkamps Hause geradeaus durch den Garten geht, kommt man direkt ins Holz. Eines Morgens in aller Herrgottsfrühe sieht nun Karl, wie Hannes Hallerkamp aus dem Holze kommt, einen Rucksack auf dem Rücken und ein verdächtiges Futteral in der Hand, und wie er dann durch den Garten ins Haus geht.

Ist das möglich? Hannes ein Wilddieb? Potztausend, das kann gut werden! Karl freut sich schön im Stillen, denn nun weiß er genau, daß Hannes ausgespielt hat. Er nimmt sich vor, noch an demselben Abend nach Mittelwald zu gehen und Förster Dalchow seine Beobachtungen zu erzählen.

Als der Förster, der ja die Wilddiebe in der Seele haßt, die Geschichte von Hallerkamps Hannes erfährt, will er es nicht glauben. Ihm kommt die Sache arg unwahrscheinlich vor. – „Aber ich werde pflichtgemäß der Sache auf den Grund gehen", sagt Förster Dalchow zuletzt und bringt Schulzen Karl bis an die Pforte.

Aenne weiß bald, warum Karl dagewesen ist, und als sie mit klopfendem Herzen die Neuigkeit Hannes erzählt, da sagt der ihr was ins Ohr, und dann lachen sie beide und gehen voll Übermut auseinander.

Eines Morgens ist Förster Dalchow doch zu der Gewißheit gekommen, daß der Karl mit seinen Anschuldigungen recht hat. [/104/] Auf seinem Reviergang hat er Hannes Hallerkamp in den hohen Buchen gesehen, einen Rucksack auf dem Rücken und ein verdächtiges Futteral in der Hand. Er hat ihm den Weg abschneiden wollen, aber er ist zu spät gekommen!

Zwei Tage später hat er mehr Glück. Da kommt er dicht an die Hardehausener Grenze. Er bleibt mit einem Male. stehen, er sieht auf einer kleinen Lichtung einen starken Rehbock am Grasen, und das Bild macht ihm heute so viel Spaß, daß er stehen bleibt und sich nicht satt sehen kann an dem wunderschönen Bild. Doch was ist das? Er traut seinen Augen nicht. Er beißt sich auf die Lippen, ob er auch nicht träumt? Nein, es ist Wirklichkeit, wahre Wirklichkeit: Kaum zehn Schritte von dem Bock ab liegt hinterm Busch Hannes Hallerkamp, um, wie es scheint, den Bock zu, schießen. Doch das durfte nicht geschehen! Mit einem Satz ist der Förster hinter der nächsten Buche, bringt sein Gewehr in Anschlag und ruft: „Hände hoch!" Hannes schrickt zusammen, und der Rehbock ist in zwei langen Sätzen verschwunden. Der Wilddieb Hannes Hallerkamp richtet sich auf und hält die Hände in die Höhe –, kreideweiß ist er und ernst. Nun ist der Förster dicht neben ihm, das Gewehr schuß-fertig in der Hand, und er schaut sich den Hannes fragend und stra-fend von oben bis unten an und sagt dann: „Hannes, Du?" Und da-mit bückt er sich, um das Futteral aufzunehmen, in dem sich Han-nes' Flinte befinden soll. Doch was ist das leicht, und was ist der Förster erstaunt, als er aus dem Futteral heraus ein Stativ, ein Ge-stell` für einen photographischen Apparat zieht! Und dann sieht er auch den Apparat dicht vor dem Rucksack liegen, und dann schaut er den Hannes an, der die ganze Zeit über die Hände hoch in die Luft streckt, und dann kann er das Laden nicht mehr verbeißen, daß es nur so durch den Wald schallt.

Hannes läßt die Hände sinken, gibt dem Förster die Hand, zieht aus seinem Rucksack großmächtig ein Album und fängt an sich zu entschuldigen: „Herr Förster, Ihr nehmt mir das nicht übel, daß ich, ohne Euch zu fragen, in Euer Revier eingedrungen bin. Ich bin ja doch ein Wilddieb, aber bei meiner Wilddieberei gehen die Tiere nicht tot, und ich tue ihnen: garnichts, und sehet mal her, was ich hier schon für eine Sammlung habe von Jagdtrophäen; und wenn Ihr wüßtet, wieviel Spaß das machte, Ihr würdet heute noch selbst damit anfangen. Sehet her, das Album, beinahe voll von Bildern [/105/] wilder Tiere, will ich Eurer Tochter schenken, und ich glaube, ich kann ihr kein besseres Geschenk machen."

Bei diesen Worten wird der Förster ernst und feierlich und ein Leuchten steht in seinen Augen, als er Hannes die Hand gibt und sagt: „Also habe ich mich doch nicht in Ihnen getäuscht!" Dann gehen sie zusammen zur Försterei hinunter.

In dem Förstergarten kommt ihnen Aenne mit lachendem Gesicht entgegen. Wie groß ist ihr Spaß, als sie alles hört. Dann gehen sie ins Haus, und als die ganze Familie zusammen ist, wird alles noch einmal ausführlich erzählt, und alle lachen und machen ihre Witze. Hannes aber nimmt sich ein Herz und hält beim Förster um die Hand von Aenne an. Förster Dalchow, ohne sich zu besinnen, legt die Hände von den beiden jungen Leuten ineinander und fügt damit ein glückliches junges Paar zusammen, das sich bald zur Hochzeit rüstet. Des Schulzen Karl möchte darob fast zerplatzen. Er sucht den glücklichen Hannes schlecht zu machen, wo er nur kann. Er läßt auch kein gutes Haar an Aenne und seiner [d.h. ihrer] Familie, zu der ja auch der Wildschütz Klostermann als Bruder Aennes gehört, kramt alle möglichen Sachen aus und nimmt es dabei mit der Wahrheit nicht genau. Obschon er dem Wildschützen bisher nicht gram war, nimmt er nun die verschmähte Liebe seiner Schwester zum Anlaß, auch Hermann Klostermann zu verfolgen, insbesondere mitzuhelfen, damit er gefangen und öffentlich als Verbrecher gestempelt werde. Dann hat er ja wieder die beste Gelegenheit, die ganze Familie des Wildschützen und namentlich seine Schwester Aenne Klostermann in den Staub zu ziehen. Nebenbei spekuliert er auch auf die 500 Taler Belohnung, die zum Fange des Wildschützen ausgesetzt sind.

Rache muß er üben, Rache an Aenne, wie es auch sei, um jeden Preis. [/106/]

19.
DES WEIDGENOSSEN TOD

Nachdem der Wildschütz das Gebiet um die Bruchmühle, das urei-
gene Gebiet des Fürsten von Waldeck, gründlich, durchjagt hat,
macht es die Jahreszeit notwendig, einen anderen Distrikt zu wählen, wo ein guter Rehbestand ihm ausgiebigen Gewinn verspricht.
Und diesen Platz wählt er sich in dem weiten Walde dort, wo die
Orpe ein liebliches Tal durchströmt, das nach Westheim, nach Wes-
ten zu vom Wurmberg und nach Osten vorn Mühlenberg umschlossen wird. Neben dem Mühlenberg zieht sich die „braune Heide" hin.
Zwischen Mühlenberg und' „brauner Heide" dehnt sich ein Grund,
den der Volksmund „Zimmermannsgrund" nennt. Er läuft in den
Wald aus. Die Orpe hat hier ein Wehr. Wenn man dieses hinter sich
läßt, und gegen den „braunen Wald" zu ansteigt, so kommt man zur
Denkelbrücke.

Diese Stelle des weiten Reviers eignet sich vorzüglich für die Jagd
auf Rehwild, und es ist anzunehmen, daß sich Hermann Klostermann, der Wildschütz, sobald er ein wenig Ruhe erhält, diese Stelle
für seine Jagd aussuchen werde.

Seine Verfolger rechnen wenigstens damit. Das Militärkommando wird daher, von seinen fünf Stationen aus, gegen das Terrain um
die Denkelbrücke vorgeschoben. Jeden Samstag rücken die Soldaten,
durch Forstleute und Gendarmen verstärkt, in dieses Revier vor und
bilden auch hier fünf Posten. Ein Posten steht am großen Mühlenberge, ein zweiter am kleinen Mühlenberge, ein dritter und vierter
nimmt Aufstellung am braunen Walde und der fünfte am Wurmberge. Jedem Militärposten sind verschiedene Beamte beigegeben.

So ist es auch am 24. Mai, als die Sonne vom blauen Himmel auf
die weite Waldung herniederscheint. In dieser Aufstellung lauern
die aufgestellten Posten auf ihr Opfer, auf ihren Hermann Klostermann. Doch wie so oft zeigt sich auch diesmal noch nichts. Schon
fürchtet man, der schlaue Wildschütz habe von dem neuen Kriegsplan Wind bekommen. Da plötzlich ... zwei schnell hintereinander

abgefeuerte [/107/] Schüsse alarmieren die Kette der ausgestellten Posten. Gleich darauf erscheinen zwei Männer in Jagdkleidung. Ohne Zögern, ohne Ahnung, was um sie vorgeht, steigen sie in das Tal der Orpe hinab. Die Posten erkennen deutlich die beiden Wilddiebe, Hermann Klostermann und seinen Genossen, den Schuster Lohoff aus Oesdorf. Die Wilderer schreiten immer ruhig weiter. Bereits sind sie zwischen den Posten am kleinen Mühlenberge und am Wurmberge hindurch. Diese Posten müssen sie laut Befehl ruhig passieren lassen. Die Wilderer sind also ganz eingeschlossen von Militär und Beamten. Jetzt muß der große Fang gelingen, jetzt ist Klostermann endlich mit seinem Weidgenossen der strafenden Gerechtigkeit auszuliefern, jetzt gibt es kein Entweichen mehr – nach der Ansicht der Verfolger.

Die Wilderer schreiten, ohne Ahnung von der sie umgebenden Gefahrenkette zu haben, 20 – 40 – 60 Schritt vorwärts. Da will der Infanterist Przilla sein Bajonett aufstecken. Dieses immerhin unbedeutende Geräusch entgeht dem geübten, scharfen Ohre des Wildschützen nicht. Er stutzt, – er sieht sich um. Ein leichtes Blitzen irgendeines Gegenstandes schreckt ihn auf. Wie ein gescheuchtes Reh wendet er sich zur Flucht gegen den Mühlenberg und zieht seinen Gefährten Lohoff mit sich fort.

„Halt! Bleibt stehen!" donnert der Forstbeamte Scharf den Fliehenden nach, aber die Wilderer wenden sich nicht um, sie stürmen weiter aus der Gefahrenzone. Da brechen ringsum die Posten aus dem Gebüsch, da – dort, – rechts, – links, von allen Seiten kommen die Verfolger heran. „Hinein ins Holz!" ruft Klostermann seinem Weidgenossen Lohoff zu.

Jetzt blitzt es auf – drei, vier Schüsse krachen aus den Gewehrläufen der Infanteristen, aber das Blei saust vorbei. Weiter geht die Jagd der Soldaten hinter den Fliehenden her. Flink sind die Preußen, gewandt und unerschrocken, wie es sich für Soldaten geziemt. Fast gleichzeitig mit den Fliehenden erreichen sie den Mühlenberg. Allen voran ist der Infanterist Struck. Im Laufschritt naht er den Wilderern, das gefürchtete Zündnadelgewehr blitzt in seiner Hand. Struck sieht deutlich Klostermanns drohenden Blick, Struck ist stark bei Atem, Struck läßt in der Verfolgung der beiden nicht locker.

Da hebt der Wildschütz sein Gewehr, dasselbe tut Lohoff, zwei Gewehrläufe bedrohen Struck, der schnell hinter [/108/] einen Baum springt, – zur rechten Zeit, denn einer der verwegenen Burschen feuert. Prasselnd schlagen die Schrote in den Stamm, daß Rinde und Splitter und Blätter wie Spreu umherwirbeln.

Jetzt gilt es, der oder der.

Struck hat schon sein Gewehr im Anschlag, – ein Blick, ein Druck, – ein heller, gellender Schrei und mit ihm taumelt einer der Fliehenden zu Boden. Ist's der Wildschütz? Nein. Sein Weidgenosse Lohoff ist getroffen, und blutend liegt er am Boden. Ohne auf seinen blutenden Genossen zu achten, – hier gilt es jetzt sein eigenes Leben, – stürzt Klostermann weiter. Ein Sprung über einen Waldgraben trägt ihn zwischen ein Gewirre von Sträuchern und Ranken, er sinkt in diesem Wirrwarr unter, – wieder ist der Wildschütz seinen Verfolgern entronnen. Von allen Seiten kommen die nun heran und umstehen den blutenden Lohoff. Strucks Schuß hat Lohoffs Lunge getroffen.

Noch einige Schüsse feuern die Soldaten in die Gegend ab, wohin Klostermann verschwand. – Vergeblich tut man das; er ist geborgen, während sein Weidgenosse im Treffen blieb.

Aus der klaffenden Brustwunde rieselt stark das Blut. So gut es geht, hilft man dem tödlich getroffenen Lohoff. Man schafft ihn nach Westheim. Die Gerechtigkeit hat den Wilddieb ereilt, jetzt kommt die Menschlichkeit an die Reihe, sie beschäftigt sich auch mit dem Verbrecher.

Wer hat auf den Infanteristen Struck gefeuert? War es Klostermann? War es Lohoff? Struck selbst vermag es nicht anzugeben. Aber es ergibt sich bald, daß Lohoff nicht geschossen haben kann; denn neben ihm fand man sein noch geladenes, mit Zündhütchen versehenes Gewehr, es ist obendrein noch mit einem Lappen umwickelt.

Man verständigt des sterbenden Lohoff unglückliche Frau. Sie stürzt weinend in das Zimmer, wo man ihn gebettet. Sie schreit und weint auf an seinem Sterbebett: „Ich hab es immer vorausgesagt: der böse Klostermann ist schuld an unserem Unglück und seinem Tode." Der Sterbende schlägt die Augen auf, – er stammelt einige unverständliche Worte – er faßt mit der einen Hand krampfhaft in rasendem Schmerz in die Tücher des Bettes, auf dem er ruht, mit der anderen Hand sucht er das Haupt seiner Frau. „Es wird [/109/] bald vorüber sein", meint Dr. Baruch und bittet zugleich die Anwesenden, sich zu entfernen. Dr. Baruch ist nun allein bei dem Sterbenden und fragt ihn, ob er einen Geistlichen wünsche. Der nickt bejahend. Eine schreckliche Pause tritt ein, es ist unheimlich in dem Zimmer, ganz still ist es darin, nur das Röcheln des Sterbenden ist zu hören. „Noch kein Priester hier?" fragt der Sterbende ungeduldig, da er sein Gewissen in der Beichte erleichtern und in Gottes Frieden aus dieser Welt scheiden will. „Ich bin von dem verdammten Klostermann verführt," stöhnt er jetzt auf. „Er ist schuld an meinem Unheil. Er hat auch auf den Oberförster geschossen." „Ihr meint den Heinemann?" fragt der Arzt. „Den auch – den auch. Aber den Oberförster Wrede auch. – Ich weiß es aus seinem eigenen Munde." Eine kühlende Kompresse erleichtert dem mit dem Tode ringenden die Qualen. Dr. Baruch hat Erbarmen mit dem verführten Wilddieb, er will ihn mit weiteren Fragen über Klostermanns Taten nicht mehr quälen. Er muß aber die anwesenden Beamten ans Sterbelager bitten, damit diese die Aussagen des sterbenden Lohoff zu Protokoll nehmen. Bei der Vernehmung ist der Sterbende im Vollbesitz seiner geistigen Kräfte. Ja es scheint, als habe er nur auf diesen Moment gewartet, denn als das Protokoll beendet ist, reckt sich Lohoff, seine Hände werden blau, das Gesicht verzerrt sich, noch ein letzter, tiefer Atemzug, das Haupt sinkt hinüber, und der Wilddieb Lohoff ist eine Leiche …

Lohoff, das Opfer der Verführung des Wildschützen, und seine Familie erregen im weiten Lande Mitleid. Der blutige Ausgang der ersten großen Verfolgung der Wilderer macht weit und breit von sich reden und wird allgemein bedauert. Und gleich spinnen sich die seltsamsten Märchen um die wunderbare Rettung des Wildschützen. Allen Ernstes fängt nun der Aberglaube sein zweifelhaftes Spiel an.

Scheint der Wildschütz nicht von finsteren Mächten beschirmt? Man sagt von ihm, er könne sich in Wahrheit unsichtbar machen. Man behauptet von ihm, er wende die Kugeln ab. Man sagt von ihm, er wisse im Voraus, wo seine Verfolger seien und habe Schätze vergraben. Es war ja noch nicht vorgekommen, daß ein Verbrecher in dieser Weise der bewaffneten Macht, den Behörden, ja selbst den geheimen Agenten entgangen ist. Alle Bemühungen scheiterten [/110/] ja, – und wenn auch die abergläubischen Sagen und Märchen, die man über den Wildschützen erzählt, nicht überall Glauben finden, so bildet sich doch mehr und mehr die Annähme zur festen Überzeugung heraus: Klostermann könne es nicht allein sein, der die Behörden so täusche und plage, es müsse vielmehr der gefährliche Waldbewohner einen ebenso gefährlichen Doppelgänger haben. Und für diese Annahme hat man seine schlüssigen Beweise: So wird mitgeteilt, daß man Klostermann an verschiedenen Orten um dieselbe Zeit zugleich gesehen habe. So zieht man auch die merkwürdige Stunde des Attentats auf den Oberförster wieder heran. Für die „Gläubigen" bleibt der Wildschütz – trotz entgegenstehender Beweise seiner Schnelligkeit – eine Person, die eben mit höheren Mächten in Verbindung steht. Die Zeiten des Räuberhauptmanns Rinaldini, die Zeiten des „Schinderhannes" scheinen wieder aufgekommen zu sein, wo man ganze Bataillone Soldaten gegen einen kühnen Reiter ins Treffen sandte. Doch mit allen Mutmaßungen, mit allen abergläubischen Dingen, mit allen möglichen Berichten fängt man den Wildschützen nicht. Er wildert nach wie vor in seinem großen Revier. Selbst der Tod seines besten Freundes und Weidgenossen Lohhoff hindert Klostermann nicht, sein schändliches Treiben fortzusetzen. Und auch seine heimlichen Anhänger scheinen ihm nach dem tragischen Tode Lohoffs nicht gram geworden zu sein.

Die Verfolger werden nicht müde, die Bemühungen um die Ergreifung des Wildschützen fortzusetzen. Die Militärkommandos unterlassen es nicht, ständig, wenn auch erfolglos, zu patroullieren. Während neuer Vorbereitungen zum Fange Klostermanns sammelt man neue Beweise wider den Wildschützen. Alles, was man über ihn weiß, wird sorgfältig zu Protokoll genommen.

Was sagt noch Fleckner? Der Wildschütz könne sehr wohl in einer halben Stunde den Weg von der Stelle, wo der Oberförster getroffen worden sei, bis nach Westheim zurückgelegt haben. – Was sagte der sterbende Lohoff? Was sagt ferner die Frau des verstorbenen Wilddiebes Lohoff? Klostermann hat gesagt: „Lohoff, ich bedaure den Oberförster nicht besser getroffen zu haben. Jetzt hat man's oben und unten probiert. Nächstens wird es besser gemacht." Was hat nicht der dreiste Wildschütz sonst alles geäußert! Der Schuß auf den Oberförster, das Attentat auf den jetzt [/111/] verkrüppelten Förster Heinemann, das bucht man jetzt ohne weiteres auf das Schuldkonto Klostermanns. Daß der Wildschütz es auch gewesen, der auf den Infanteristen Struck geschossen hat, unterliegt jetzt keinem Zweifel. Der getroffene Lohoff hat ja sein geladenes Gewehr noch neben sich gehabt.

Genug Beweise zum dreifachen Versuche zum Morde sind gegen den Wildschützen vorhanden. Es gilt nur noch, des Täters habhaft zu werden.

Inmitten all der Behauptungen und Sagen und Erzählungen über den Wildschützen ist es Polizeisergeant Aust in Brilon, der bei seiner ruhigen Auffassung der Lage bleibt. Er läßt sich nicht irre machen durch alle Mißerfolge, die man auf der Suche nach dem Wildschützen hat. Nach dem Plane der Behörde überwacht er das Haus des Büchsenmachers Lutter in Brilon mit stets wachenden Augen. Für den Wildschützen sind ja die Ausbesserungen seiner Gewehre eine sehr wichtige Sache. Und der Wildschütz läßt bei dem Büchsenmacher Lutter seine Gewehre immer noch reparieren. Das weiß man ganz genau; das weiß auch Sergeant Aust, und dieser geschäftliche Verkehr des Wildschützen mit dem Büchsenmacher ist für Aust gerade Grund genug, Lutters Haus der schärfsten Kontrolle zu unterziehen. Daß sich Aust dabei des Büchsenmachers Frau bedient, ist keinem außer den Beiden bekannt. [/112/]

20.

VERRAT

Eine dunkle, gewitterschwüle Nacht liegt über Brilon, der alten Stadt der Schnadezüge, der Löher und Pfeifenmacher. Von Wetterleuchten umzuckt steht die Brunnenfigur des hl. Petrus auf dem alten Kump. Nur wenn es hell am nächtlichen Himmel aufzuckt, ist auch die Fassade des wuchtigen Rathauses erkennbar, die in früheren Jahren die berühmten Markthallen in ihrem unteren Stockwerk barg und worin Till Eulenspiegel auf seinen Streifen durchs Land eine Gastrolle gab. In Bögen, Treppe, Fassade und Giebellinie zeichnet sich ein wuchtiges Bild.

Meister Lutter schickt sich gerade an, sich zur Ruhe zu begeben. Da pocht es an seine Türe. Wer mag der späte Gast sein, der noch Einlaß begehrt, wo die meisten Briloner schon in des Schlafes Armen ruhen? Der Büchsenmacher mag wohl eine Ahnung haben, nimmt ein Licht und öffnet die schwere Haustür. Im Dunkel der Nacht sieht er eine lange, unheimliche Gestalt. Das ist doch ein Bekannter! Um sich zu vergewissern, entschlüpft wie von selbst die Frage seinem Munde: „Wer da?" – „St! St!" macht der nächtliche Besucher. „Ich bin's." Der Büchsenmacher läßt den Lichtstrahl der Laterne auf den Mann mit der ihm wohlbekannten Stimme fallen. Er ist's wirklich, der Wildschütz Klostermann. „Was wollt Ihr heute schon wieder hier?" fragt Meister Lutter verwundert, da der Wildschütz doch erst vor kurzem in Brilon bei ihm war. Klostermann deutet auf einen Stutzen, den er unter dem Arme trägt und bittet: „Laßt mich hinein, Meister Lutter! – Ich bin durstig. Wir können drinnen plaudern."

Der Büchsenmacher öffnet dem guten Bekannten bereitwillig sein Haus und schließt sorgsam die Tür hinter ihm zu. Des Büchsenmachers Frau schaut erstaunt den beiden Männern nach, nachdem sie mürrisch den Guten-Abend-Gruß des Wildschützen erwidert hat. In der engen Stube, in der Klostermann wiederholt schon genächtigt hat, setzen sich die beiden Männer nieder. [/113/]

Zunächst dreht sich die Unterhaltung um die zu reparierenden Gewehre. Klostermann lobt des Meisters Fertigkeit in der Wiederherstellung seiner Gewehre und gibt ihm Winke zur kunstgerechten Erneuerung seines Stutzens, den er mitgebracht. „Zwar habe ich in mehreren Winkeln meines weiten Reviers, in Baumstämmen versteckt, mehrere gute Gewehre, aber ich kann diesen Doppelläufer jetzt nicht entbehren. Mehr als sonst gebrauche ich ihn zum Abschuß des Wildes und, wer weiß, vielleicht bald richte ich ihn gegen einen Menschen. Die Leute sollen mir auch vom Leibe bleiben!" Damit ist die Unterhaltung auf die neuesten Ereignisse übergesprungen. Klostermann gerät in Eifer. Er erzählt Begebenheiten aus seinem Waldleben, er malt in lebhaften Farben mit der ihm eigenen Naturhaftigkeit die letzte große Attacke der Soldaten und Beamten gegen ihn dem erstaunt horchenden Büchsenmacher. Er läßt durchblicken, daß ihm Lohoffs trauriger Tod sehr nahe geht, aber es sei nun mal nicht anders zu machen gewesen. „Es ist schlimm um Euch bestellt," meint Meister Lutter. „Ihr wißt doch, Klostermann, daß Lohoff auf seinem Sterbebette bekannt hat, Ihr hättet auf Wrede geschossen?" – „Hm, – hm –" räuspert sich der Wildschütz, „das weiß ich. Lohoff hat gebeichtet, ich hätte dem Oberförster eins aufgebrannt." Er lacht vor sich hin. Dann erzählt er weiter von seinen Erlebnissen und „Heldentaten". Dem Büchsenmacher, der vieles bei dem Wildschützen schon gewohnt ist, wird es diesmal bei der Schilderung der abenteuerlichen Sachen durch den Helden doch recht unheimlich zu Mute. – Er wäre jetzt gern den unheimlichen Gast losgeworden, wenngleich er ihn als guten Kunden nicht missen möchte.

Abgesehen davon hat der Wildschütz gerade heute Abend keine Lust, schnell Brilon und das gastliche Haus Lutter zu verlassen. Im Gegenteil: er erzählt munter weiter und macht es sich bequem. Frau Lutter hat erst die Erzählungen ihres ungern gesehenen Gastes auf dem Flur belauscht, ist dann aber ins Zimmer getreten, um ja alles aus nächster Nähe und richtig zu hören, was der Wildschütz über sich und seine Taten zu berichten weiß.

Heute wäre es an der Zeit, ihren lange erwogenen Plan auszuführen. Vielleicht hätte sich schon früher Gelegenheit gefunden, den Wildschützen an die Behörden zu verraten; aber sie empfand bislang immer so etwas wie Furcht vor diesem seltsamen Manne. Und dieses Angstgefühl hat sie [/114/] sich nun in langen, schlaflosen Nächten selbst aus dem Sinne geredet. In ihren Augen ist der Wildschütz jetzt ein ganz niederträchtiger Bursch, ein gewöhnlicher mit vielen schlimmen Fehlern behafteter Mensch, der einem allein wohl Furcht und Schrecken einzuflößen vermag, der aber einem Polizeiaufgebot in ihrem Hause wird weichen müssen:

Der Wildschütz redet frei und offen über seine Taten und Missetaten, ohne daß er eine Ahnung davon hat, welchen Knoten die Frau des Büchsenmachers um ihn schlingt, den er nur schwerlich wird lösen können. „Bitte, Frau Lutter, gebt mir eine Tasse Kaffee!" hält er im Laufe seiner Erzählungen inne und wendet sich mit treuen Augen an Lutters Frau. Die geht eilig aus dem Zimmer, um den Kaffee zu kochen. Sie tut es diesmal gern, weil sie durch die Bitte des Wildschützen Gelegenheit hat, ohne besonderen Vorwand aus dem Zimmer zu kommen.

Das Zimmer, worin sich unterdessen die beiden Männer nächtlicherweise weiter unterhalten, ist sehr eng. Nur zwei Türen hat es und ein kleines Fenster. Auf dem Bett, das an der Wand steht und an dessen Fußende sich eine Tür befindet, sitzt Klostermann. In der geöffneten zweiten Tür steht der Büchsenmacher und lauscht den Erzählungen. Das spärliche Licht einer Petroleumlampe erleuchtet den Raum. Dann und wann blitzt es durch das Fenster am nächtlichen Himmel vom Wetterleuchten auf Gewitterschwüle brütet im Raum.

Frau Lutter bringt den Kaffee. Eine Tasse gibt sie dem verhaßten Wildschützen, eine Tasse schenkt sie ihrem Manne ein, dem sie solange grollt, bis er den zweifelhaften Verkehr mit dem Wilddiebe aufgibt. Eben sprechen die Männer ein ernstes Wort über die Zukunft. Der Büchsenmacher stellt dem Wildschützen das Gefahrvolle seiner Lage eindringlich vor Augen. Darob wird der sonst so gern plaudernde Klostermann ein wenig still und nachdenklich. „Ich meine immer", sagt er zu seinem Freunde, mit dem er schon so oft beratschlagt hat, „im Walde werden sie mich nicht fangen. Wenn ich eine gute Lücke sehe, so brenne ich durch, mache mich aus dem Waldeckschen Revier fort und schlage mein Revier hier oben im Sauerlande auf."

138

Den Büchsenmacher überläuft es kalt bei dem Gedanken, der Wildschütz erwähle nunmehr seine nächste Nähe, die weiten Wälder Brilons als Jagdbezirk. Er denkt daran, wie [/115/] sehr für ihn selbst als Freund und Helfer Klostermanns dann die Gefahr wachsen würde, mit der Polizei in Konflikt zu geraten. Frau Lutter steht bei der Erörterung des neuen Planes halb in der Tür. Sie sieht die Stirn ihres Mannes sich in Falten legen, Besorgnis spricht aus seinem Blick, wie sie das selten sah. Rasch faßt sie einen Entschluß, ebenso schnell führt sie ihn aus.

Frau Lutter huscht, vom Wildschützen nicht gesehen, in die Küche, wirft sich ein Tuch um den Kopf und schleicht leise ins Freie. Das merkt auch nicht der Büchsenmacher. Einige Minuten bleibt sie draußen stehen, um die Örtlichkeit nochmals genau zu betrachten. Durch die Ritzen des geschlossenen Fensterladens fällt ein schwacher Lichtschein auf die Straße. Deutlich hört man hier draußen des Wildschützen kräftige Stimme.

Jetzt gilt es für die Frau zu handeln; denn nicht unmöglich ist's, daß Klostermann aus dem Fernsein von Frau Lutter irgendwie Verdacht schöpft, zumal er schon seit längerer Zeit das besonders ihm gegenüber auffallende mürrische und verschlossene Wesen der Frau des Büchsenmachers unangenehm empfunden hat.

Durch die nächste Gasse schlägt die Verräterin ihren Weg zum Amte ein. Aber da bedenkt sie, daß möglicherweise hier Lärm entstehen könnte, wenn sie die Wachtbeamten um Einlaß und Gehör bittet. Und durch den Lärm in nächster Nähe ihres Hauses könnte der Wildschütz Verdacht schöpfen. Drum eilt sie weiter zu einem anderen Hause, wo Polizeisergeant Aust seine Wohnung hat. In tiefem Schlummer liegt der Beamte in seiner Schlafkammer, deren Fenster nach dem Hofe hinausgehen. Sicherlich träumt er nicht vom Wildschützen Klostermann und seinen Genossen; denn sonst wäre sein Schlaf unruhig gewesen. Aust hat überhaupt die Verfolgung des Verbrechers wegen Aussichtslosigkeit eingestellt, wenngleich er regelmäßig Nachrichten von Frau Lutter gern zur Notiz nimmt.

Da ist es dem süß schlummernden Beamten, als ob jemand leise an sein Fenster klopfe. Er richtet sich hoch, er ist ja solches nächtliche Klopfen gewöhnt. Er horcht, da pocht es zum zweitenmale. Er hat sich also nicht getäuscht. Schnell ist er aus dem Bette, geht zum Fens-

ter und öffnet es mit einem Ruck. Dunkel liegt die Nacht. Eine vermummte Gestalt, Kopf und Schultern in ein Tuch eingehüllt, steht
[/116/] draußen. Zu erkennen ist die Gestalt nicht wegen der Dunkelheit, die zufällig auch nicht das Wetterleuchten für eine Sekunde
erhellt. „Was gibt's?" fragt Aust pflichtgemäß in die Nacht hinaus.
Nur wenige Sekunden steht die Gestalt still, sie hat es scheinbar sehr
eilig. Zweimal ruft sie mit leiser Stimme: „Er ist da! Er ist da!" Dann
ist sie verschwunden und läßt den braven Polizeisergeanten in völli-
ger Ungewißheit zurück.

Nur kurze Zeit steht Aust in seiner Schlafkammer ungewiß, was
da zu tun sei. Dann fährt er mit militärischer Exaktheit in seine Bein-
kleider, seine Stiefel, zieht sich den Rock an, schnallt sich seine Waffe
um und nimmt Richtung zur Thiele'schen Wohnung. Im Moment
kommt ihm der Gedanke: Thiele hat sicher mit seiner Frau wieder
Streit und Zank und die Gestalt, die ihn rief, war Thiele's bedrängte
Frau. Der muß er helfen. Er hat ja wiederholt schon gesagt, hier
energisch eingreifen zu wollen. Vielleicht kommt er heute Nacht
gerade recht, um endlich in dem Thiele'schen Hause Ruhe stiften zu
können und die Frau vor ihrem zanksüchtigen, sich oft tagelang
nicht zu Hause aufhaltenden Manne zu schützen.

Er kennt die Fenster der Wohnung Thiele's genau; er bleibt stehen, um zu horchen. Doch kein Lärm schallt aus dem Hause, die
Fenster sind und bleiben dunkel. Es ist dem Beamten klar, daß die
Eheleute Thiele zum mindesten und Gott sei Dank heute Nacht nicht
eine ungebührliche Szene aufführen. Auch die übrigen Hausbewoh-
ner scheinen in tiefem Schlaf zu ruhen.

Aust bleibt sinnend stehen. Wer kann die vermummte Frau denn
gewesen sein? Wen mag sie mit dem zweimaligen Rufe: „Er ist da!
Er ist da!" gemeint haben? Er kann sich doch nicht getäuscht haben.
Es ist doch jemand gewesen! Die gewitterschwüle Nacht hat ihn
doch nicht so mitgenommen, daß er seiner fünf Sinne nicht mehr
mächtig ist! Da, – jetzt fällt es ihm ein: „Er ist da!" ist ja eine vereinbarte Formel. Soll er wirklich – doch das ist garnicht auszudenken.
Das Blut steigt ihm zu Kopfe. Seine Hand umfaßt die Waffe fester als
gewöhnlich. Jetzt heißt es, vorsichtig zu Werke gehen. Er kann es
aber immer noch nicht glauben, daß „er da ist". Und doch: er hat es
deutlich gehört. Eine Frau ist sicher die vermummte Gestalt gewesen

des Büchsenmachers Frau, und den [/117/] sie mit dem „Er" gemeint hat, das ist der verhaßte Wildschütz.

Geradewegs und mutig schreitet der Beamte auf das Lutter'sche
Haus zu.

Frau Lutter ist längst wieder in ihr Haus zurückgekehrt. Sie zeigt
sich absichtlich häufig im Nebenzimmer, um des Wildschützen etwa
aufkommenden Argwohn zu verscheuchen. Klostermann plaudert
noch immer. Doch plagt ihn der Durst. Drum bittet er nochmals um
eine Tasse Kaffee. Frau Lutter schickt sich an, dem unfreundlichen
nächtlichen Gast die Bitte zu erfüllen. Sie holt eine Kaffeemühle,
schüttet Bohnen darein und mahlt im Nebenzimmer. Ab und zu hält
sie dabei inne und horcht auf, ob sich draußen nichts rege.

In der Gasse unter dem Fenster steht jetzt Aust und hört das
Knirschen der Kaffeemühle. Er hört in Lutters Haus sprechen. Das
muß um diese nächtliche Zeit bestimmt etwas zu bedeuten haben! Er
kann sich nicht getäuscht haben; Der Ruf der vermummten Gestalt
galt dem Wildschützen Klostermann. Er ist im Hause des Büchsenmachers.

Des Polizeisergeanten erster Gedanke ist nun, ins Haus zu stürmen und den Wilderer anzugreifen. Aber so energisch der Beamte
sonst auch in all seinen Handlungen ist, hier gebietet die Klugheit
anders zu handeln. So schnell ihn seine Beine tragen können, eilt er
in der dunklen Nacht durch die finsteren Gassen zum Amtsgebäude.
Hier muß er sich Verstärkung zum Überfall auf den gefährlichen
Wilddieb holen. Zwei seiner Kollegen liegen hier für alle Fälle in
Bereitschaft. „Schnell, macht Euch auf! Ich meine Klostermann ist
hier." Durch diese ungewöhnliche Nachricht nicht wenig erregt,
machen sich die Beiden sofort zum kühnen Handstreich fertig. Der
Diensteifer und die Wut, die sie seit langem gegen den Gesetzesbre-
cher Klostermann hegen, treiben die drei Beamten unverzüglich zum
Lutter'schen Hause.

Sie sind sich über das gefährliche Wagnis voll im Klaren. Es ist ja
zehn gegen eins zu wetten, daß der Wildschütz nicht unbewaffnet
nach Brilon gekommen ist, – wenn er überhaupt da ist, – daß es einen harten Kampf kosten werde. Und wie steht`s mit dem Büchsen-
macher? Ist nicht damit zu rechnen, daß er Klostermann tätlichen
Beistand leisten wird? Und wie verhält es sich mit Frau Lutter? Nur

Aust weiß, wie sie mit dem Wildschützen steht, die beiden anderen aber haben von deren verräterischem Werk keine [/118/] Ahnung. Und was ist von der Tochter Luise zu halten, die es, wie allgemein bekannt geworden ist, gut mit dem Wilddieb kann?

Mit großer Vorsicht und Umsicht muß also vorgegangen werden. Dem Wilderer darf namentlich keine Gelegenheit zum Gebrauche seiner gefährlichen Waffe gegeben werden.

Aust organisiert den Überfall, nachdem alle Einzelheiten erwogen sind. Kaum, daß einer des anderen Schritte hören kann, schleichen die Drei durch die nachtdunklen Gassen, dem Hause des Büchsenmachers zu. Als will ein Gewitter jeden Augenblick losbrechen, so still ist es ringsum, eine solch bleierne Ruhe herrscht in der Natur.

So kommen sie unbemerkt vor Lutters Hause an. Aust horcht. Man muß ja fürchten, daß der Wildschütz inzwischen hier nicht mehr anzutreffen ist. Jetzt vernimmt man Stimmen. Sie sind deutlich zu hören. Man kann sich nicht täuschen: Klostermann ist es wahr und wahrhaftig. [/119/]

21.
IN DER FALLE

Des Waldlebens Schönheit und Freiheit malt der Wildschütz seinem Gastgeber Lutter beim nächtlichen Besuch in bunten Farben. „Wie war das noch mit Meister Grimmbart im Blankenrodeschen Revier?" Gern will der Büchsenmacher nochmals über den Dachs hören. Gespannt hört er der Schilderung zu:

„Im alten, tiefen, weitverzweigten Baue unten im Tieberg hat er seine Heimat. Hohe Fichten schützen ihn mit ihrem starken Wurzelgeflecht vor dem Spaten des Jägers; auch den Hunden ist es noch nie gelungen, die Baue zu durchstöbern. Nur Reineke, der Schleicher, kommt jedes Jahr im Frühjahr, ob aus Neugier oder Sorge um eine Wochenstube für den Sommer; aber sofort fährt er gleich wie der Blitz wieder heraus und davon. Fast jedesmal muß er dann seine schweißende Schnauze im nahen Wäschebach kühlen. Der Förster flucht, denn kein Roter will sich hier halten. Jedes Frühjahr stelle ich fest, daß der Eingang frisch befahren ist, und an der vertieften Rinne auf dem Boden zur Einfahrt erkennt man, daß hier der Dachs haust. Hier finden sich weder Knochen noch Federn oder sonst was von den Resten einer Fuchsmahlzeit. Alles Passen ist bisher vergebens gewesen. Grimbart, der schlaue Geselle verläßt seinen Bau erst, wenn der Jäger das Ende seines Gewehrs wegen der Dunkelheit nicht mehr sehen kann. Ja, es ist auch dunkel an dieser Stelle, selbst der Vollmond vermag das Waldesduster hier nicht zu erhellen." –

„Fällt er denn auf das Eisen nicht herein?" unterbricht Meister Lutter den erzählenden Wildschützen. „Ausgeschlossen! Der ist viel zu schlau. Und viel hat er erfahren in den zwölf Jahren seines Erdendaseins. Kinderlärm und Frauengezänk liebt er nicht mehr; er pflegt nur noch seinen langbereiften Bauch; und den alten Knochen tut die Ruhe wohl. Jedem Getier, das größer ist als Meister Grimbart, der Dachs, geht er gern aus dem Wege. Ich kenne ihn schon aus der Zeit, als er noch jung und richtiger dummer Frechdachs war. Da geriet er eines Abends beim Suchen nach Untermast mit einem Frischling in

Streit, bis ihn die heranstürzende Bache über den Haufen rannte, wobei er sich ein paar Rippen arg quetschte. Seit der Zeit scheut [/120/] er diese schwarze Gesellschaft, die allnächtlich hierdurch nach den Feldern von Blankenrode, Oesdorf und Meerhof zieht. Trifft er auf seinen Gängen seinesgleichen, so fährt er darauf los, kratzt und beißt, bis der Gegner schreiend davonläuft. Zuwider ist es ihm, wenn die Dächsin von drüben ihre Kleinen mitführt und ihm das an das Weinen eines Säuglings erinnernde Schreien der Jungen in die Gehöre tönt, sobald diese die Mutter verloren haben oder sie von ihr einzeln mit der Schnauze gepackt und über den Bach getragen werden. Aufs Feld geht er erst, wenn die Musik im Dorfwirtshause nicht mehr klingt und die jungen Burschen und Mädchen, längst ausgetanzt im Bette liegen. Denn so etwas kann solch ein alter, verdrießlicher Einsiedler beim Leben nicht vertragen Vor Jahren, als ich einmal durch den Wald streifte, abwechselnd flötete und ein liebes Nachtlied summte, fuhr er mir plötzlich an die Waden, daß ich aufschreiend ein paar Schritte zur Seite taumelte."

Der Wildschütz macht ein paar kräftige Züge aus der Kaffeetasse und fährt dann fort: „Nichtsahnend komme ich da eines Tages gerade in der Geisterstunde durch den Wald. Von einer vom Mondlicht erleuchteten Stelle des Weges höre ich abseits, einige Schritte vor mir, ein ärgerliches Knurren. Ich trete näher heran. Da erhebt sich aus dem Weggraben eine weißgestreifte Gestalt und kommt aufrecht gehend und giftig knurrend auf mich zu. Ob er mich angefallen hätte, wenn ich ihm nicht schnell aus dem Wege gegangen wäre? – Früh morgens, vor Tau und Tag, wackelt er zu Baue, nachdem er nochmal im nahen Bache den Durst gestillt hat. Dann sucht er den warm mit Moos und Laub ausgepolsterten Kessel auf, dreht sich einmal herum, kratzt noch einmal nach den frechen Flöhen, kugelt sich ein und schläft und schläft den Schlaf des Gerechten. Er schnarcht und knurrt nur einigemal, wenn er im Traume an die fetten Regenwürmer und Schnecken, an die Vogelnester, die Mäuse und Junghasen und an all die sonstigen Leckerbissen denkt."

„Wie wär's, Klostermann, wenn auch wir jetzt ans Schlafen dächten?" mahnt Meister Lutter zur Nachtruhe, obschon er gerne des Wildschützen Erzählungen lauscht, da er so interessant zu plaudern weiß.

Des Meisters Frau ist inzwischen wieder im Türrahmen erschienen. Auch, sie hört – das wird sie niemals leugnen – den Wildschützen gern, Doch mitten in der spannenden [/121/] Erzählung huscht sie mal fort in den Flur und horcht, ob nicht …

„Hab' ich Euch eigentlich erzählt, wie ich meinen letzten Fuchs schoß?" fragt der Wildschütz, der heute Nacht gar nicht aufhören will zu plaudern. Als Lutter das verneint, fängt Klostermann schon an: „Ich will's Euch schnell erzählen, und dann gehen wir zu Bett. Also: Es war im Januar. Der Nordost war nicht ohne, der nahm einem fast den Atem weg. Etwas ärgerlich sah ich auf die weiße Fläche, auf die schwarzen, weiß bemützten Kohlstauden, auf die schwarzen Büsche. Hier hatte ich die Nacht zuvor drei geschlagene Stunden auf den Fuchs gewartet, wie so oft schon. Ich hörte dem Wind zu und dem Wasser, aber der Fuchs kam nicht. Verdrießlich schlich ich in meine Behausung und schlief einen unruhigen Schlaf und träumte so für mich hin von weißem, mondbeschienenen Schnee und schwarzen Füchsen. Am Morgen, wie gesagt, pfiff es nicht ohne, aber ich mußte ihn jetzt kriegen, den Meister Reinecke. Wißt Ihr, Lutter, wenn ich einmal eine Spur habe, dann verfolge ich sie unablässig, bis ich das Wild erlegt habe. So macht's der richtige Jägersmann. Ich kann's den Grün- und Blauröcken nicht verübeln, wenn sie auch mir auf der Spur sind und mich verfolgen, bis sie mich haben." Der Wildschütz lacht in sich hinein: „Bis sie mich haben, … das scheint wohl garnicht mehr wahr zu werden." – „Wie war das mit dem Fuchs? Habt Ihr ihn gekriegt? Habt Ihr ihm vielleicht eine Falle gestellt?" fragt Meister Lutter, damit es der Wildschütz kurz mache.

„Falle hin – Falle her! Ich rückte ihm so zu Leibe. Eine halbe Stunde stand ich am Hauptpaß. Doch nirgendwo ein schwarzer Fleck im Feld, kein Fuchs, kein Reh, nicht einmal ein elendiger Krummer. Sie hatten sich möglichst schnell satt geäst an Kohl und Saat und waren längst zu Holze. Das Warten wurde mir denn doch zu dumm. So pürschte ich dann, so lautlos es der harte Weg erlaubte, zurück am Holze entlang. Dann stieg ich bergan. Wie schön war der Bergwald. Ich sah selten ein schöneres Bild. Er war schöner, als wenn seine Kronen maigrün sind, er war fast schöner, als wenn er alte Farben hat, goldgelb und brandrot im Herbst ist. Und der Hang,

den ich jetzt hinan stieg, mit den rotlaubigen Jungbuchen, die, weiß-
kappigen Felsen drunten, die hellen Blößen, der düstere Fichten-
horst, er war ebenso schön wie jetzt, wo der Hahnenfuß die Blößen
goldgelb färbt. [/122/] Fuß vor Fuß, den Pürschsteig unterm Hange,
zwischen Dickung und Hochwald, schob ich mich vorwärts. Alle
dreißig Schritt machte ich Halt, die Augen bergan über die Blößen,
talab den weißen Boden unter dem Altholz absuchend. Rehfährten
fand ich überall, hier den Weidenbusch hatten sie abgesproßt, dort
nach Gras geplätzt. Da, der dunkle Fleck, ein Kitz, zehn Schritte vor
mir, es äugte und zog vertraut bergan.

Weiter ging ich den Steig entlang; von oben äugten drei Rehe und
sprangen nicht ab. Ein Krummer fuhr dicht bei mir aus dem Lager;
seinen Weg zeigte der fallende Schnee der Buchenjugend an. Warnend stob ein Flug Häher ab, warnend rief der Buntspecht." Der
Wildschütz hält einen Augenblick in seiner Erzählung inne, um ein
paar kräftige Züge aus der Tabakspfeife zu tun.

„Wenn es nicht so herrlich gewesen wäre hier am Hange, dann
hätte ich ärgerlich sein müssen. Fuchsspur auf Fuchsspur, überall
Stellen, wo die Roten mausten, und keinen kriegte ich zu Gesicht.
Und ich mußte doch einen haben. Da war eine ganz frische Spur,
dort wieder eine, immer unter Wind, neben der Hasenspur, und da
wieder eine, die bergab führte, und – was war das denn da unten im
Holze? Da war doch eben was? Da, wo der Wurzelstrunk der Fallbu-
che liegt. Jetzt kommt es hervor; wahrhaftig, der Fuchs. Das muß
wohl für den Roten eine hungrige Nacht gewesen sein, daß er am
Morgen noch mauste. Wie gemütlich er da herumschnürt, als gebe es
weder Kraut noch Lot. Na warte, dem mußte ich einen Neunmilli-
meter zu Neujahr schicken, daß er den Knall nicht vernahm und den
Dampf nicht sah. Aber er nimmt immer Deckung; jetzt ist nur die
Lunte zu sehen, jetzt nur der Kopf, jetzt steckt der ganze Kerl hinter
der Samenbuche. Aber jetzt wird's gehen, es ist ein bißchen sehr
weit, aber da sehe ich den Fuchs der Dickung zuschnüren. Schnell
mäusele ich: Zirp, zirp. So ist's schön, mein Füchschen, so ist's recht,
kleiner Roter. Hast du Kleinmäuschen pfeifen gehört?

Jetzt hinter den Himbeeren, – jetzt frei, – Knall, im Feuer eine
Flucht, eine wildschwenkende Lunte, eine verstörte Flucht nach
links, dann – was gibste was kannste – nach rechts fünfzig Schritt.

Schrot; Knall, im Feuer ein Rad und, ja, da poltert er durch die rasselnden Jungbuchen. Vorlaufen, laden, spannen, da neben mir klappern die roten [/123/] Blätter, stäubt der lose Schnee herab, ein ordentlich Ende vorgehalten und krumm gemacht, und dann auf die Knie und unten durch die Buchen gespäht.

Da lag er, feuerrot im Nacken, offen den schweißenden Fang, mit zuckender Lunte. Zur Vorsicht gab ich der alten Füchsin einen Stockhieb auf die Nase, und dann ging ich damit in den breiten Schneefleck. Das sieht schön aus neben dem grauen Fels, dem grünen Moos und dem roten Buchenlaub, ebenso schön, wie ein roter Bock in grünem Gras und blauem Vergißmeinnicht."

Nachdem der Wildschütz geendet hat, verläßt Büchsenmacher Lutter das enge Zimmer, tritt in die Haustür und will sich dann zur Ruhe begeben. Seine Frau ist schon in die Schlafkammer gegangen.

Während der Erzählungen des Wildschützen hat sich um ihn ein verhängnisvolles Knäuel zusammengezogen. Polizeisergeant Aust ist mit seinen zwei Getreuen nach einem wohldurchdachten Kriegsplan gegen das Haus des Büchsenmachers Lutter vorgerückt, um den Wildschützen hier zu fangen und zu verderben.

Aust hält es nicht für geraten, ins Haus zu dringen, bevor nicht die Tür geöffnet wird. Er hat nicht lange überlegt, um zu diesem Entschluß zu kommen; klingelt er jetzt, so liegt es auf der Hand, daß der Wilddieb sich verbergen wird, und es ist leicht möglich, daß er selbst Frau Lutter, obwohl sie den Behörden behilflich sein will, leicht einschüchtern wird, um einen Ausweg zu finden, aus dem Hause zu entkommen. Einmal draußen in der dunklen Nacht, mit der Waffe in der Hand, kann dann der kühne, mit jedem Weg und Steg vertraute Mann sehr leicht entwischen und seinen Verfolgern Trotz bieten.

Aust hat sich entschlossen zu warten, bis Klostermann das Haus verlassen würde. Daß dieser Moment nicht lange wird auf sich warten lassen, läßt sich leicht berechnen, wenn man bedenkt, daß es für den Wildschützen ein Gebot der Klugheit ist, die Dunkelheit zu nützen, um aus Brilon zu kommen, und im Juni wird es ja schon früh hell. – Aust kennt alle hervorstechenden Eigenschaften seines Mannes, zu denen ja die außerordentliche Schärfe seines Gesichtes gehört. Er darf sich also mit seinen Kollegen nicht so aufstellen, [/124/] daß der Wildschütz, wenn er aus dem Hause tritt, das Überfallkommando sogleich gewahrt. – Der Sergeant zweifelt keinen Augenblick daran, daß sie alle drei dann dem wütenden, kraftvollen, bewaffneten Burschen nicht gewachsen seien, der dann keine Sekunde mit sich beratschlagen dürfte, ob er den ersten besten Angreifer nicht eine Kugel durchs Hirn jagen solle. In Erwägung all dieser Momente hat Aust seinen Gefährten befohlen, auf den Knieen bis unter die Fenster der Lutterschen Wohnung zu rutschen. So sind denn die drei über die Gasse bis dicht ans Haus des Büchsenmachers gerutscht. In liegender Stellung verbleiben sie eine geraume Zeit, die Blicke fest auf die Tür gerichtet und bereit, sich sofort beim Erscheinen des solange Verfolgten in der Tür auf ihn zu stürzen.

Da – endlich knarrt die Tür in der Angel – die Polizisten halten den Atem an – jetzt muß die Entscheidung fallen. Die Haustür öffnet sich und Lutter tritt heraus.

Mit Blitzesschnelle erheben sich Aust und seine Kollegen, stürzen ins Haus und kommen ins enge Zimmer, wo der Wildschütz auf der Bettkante sitzt, die Pfeife in der Hand, eine Tasse Kaffee neben sich.

Der Wildschütz ist überrumpelt, seine Überraschung ist ungeuer. Die Büchse hält er in der linken Hand. Er wirft wilde Blicke auf die Beamten, Aust ist bewaffnet, seine Kollegen sind es ebenfalls.

Klostermann schickt sich an, Gewalt zu gebrauchen, um seine Freiheit, wenn auch teuer, noch einmal zu erkaufen. Aber das enge Zimmer, die Überraschung, der energische Angriff hindern und betäuben ihn.

Zudem ist hier nicht der freie, weite Wald, wo er jeden Pfad genau kennt. Er sitzt hier in enger Stube, eingekreist von drei Beamten. Käme doch in der gewitterschwülen Nacht ein Blitzstrahl, der sie zerschmetterte! Bräche doch eine Sturmflut vom Himmel herab, daß sie seine Feinde vernichtete!

Die drei bewaffneten Männer stürzen sich beherzt sofort auf den Verbrecher. Sie wissen, daß sie alles wagen; denn gelingt es dem Wilddieb, aus dieser engen Behausung herauszukommen, so kostet es im verzweifelten Nachsetzen Blut.

Alles, die Erwägung des Wildschützen, das Zugreifen der [/125/] Beamten, ist nur das Werk weniger Augenblicke.

Klostermann, der starke, verwegene Wildschütz, der schon manchen Strauß seinen Verfolgern geliefert, der sich durch manchen
Streich seinen Feinden entzogen hat, Klostermann, der König der
Wälder, der freie Herrscher im weiten Revier, sieht ein, daß es diesmal für ihn nicht glücklich verlaufen kann. Hier im engen Hause
muß er seinen Feinden erliegen.

Sich wehren, schießen, wäre Unsinn: Der nächste Schuß aus
gleich zwei Gewehren würde ihn zu Boden strecken. Hier gilt's, sein
Leben und Blut zu schützen und keinen Mord sich aufs Gewissen zu
laden.

Klostermann, der kühne Wildschütz, faßt rasch einen folgen-
schweren Entschluß: Er schleudert die Büchse von sich – seine Zähne
knirschen aufeinander – ohne ein Wort zu sagen, ergibt er sich in
sein Schicksal.

Die Beamten der heiligen Hermandad[3] fesseln den baumstarken
Mann mit der ihnen eigenen Fertigkeit an den Händen mit Stricken:
Der jahrelang gefürchtete Mann, der lange verfolgte Wildschütz ist
ein geknebelter, hilfloser Gefangener.

Meister Lutter kann es nicht begreifen, wie alles so schnell vor
sich gegangen ist. Er kann es nicht fassen, daß der kühne Freund der
Freiheit sich widerstandslos zu einem Gefangenen machen läßt. Frau
Lutter eilt herbei und ringt totenblaß die Hände, und bittet, nur kein
Blut zu vergießen. Sie bedauert weinend den armen Mann, der jetzt
der Freiheit beraubt ist, sie bedauert nun, an ihm Verrat geübt zu
haben, sie sieht in die zorndurchglühten Augen des Wildschützen,
die sie mit scharfem Blick zu durchbohren scheinen, sie, die Verräterin. Sie schämt sich jetzt vor sich selber, ihren Verrat geplant und
durchgeführt zu haben. Und später? Es wird nicht ausbleiben, daß
Stadt und Land davon erfährt, auf welche Weise der Wildschütz
gefangen wurde. Und dann muß sie sich zu Tode schämen.

Des Büchsenmachers Frau wendet sich totenblaß und schluch-
zend ab, als man den Verbrecher aus ihrem Hause führt. Meister
Lutter weiß kein Wort zu sagen. In die gewitterschwüle Nacht treten
die Drei mit ihrer kostbaren Beute hinaus. [/126/]

---

[3] [Hermandad: spanisch für „Bruderschaft"]

22.
GEFANGEN

Gerade zuckt ein Blitzstrahl am Himmel auf, als die Polizei den ge-
knebelten Gefangenen, den berüchtigten Wildschützen Klostermann
aus dem Hause Lutter in Brilon abführt.

Durch den Tumult im Hause wach geworden, ist Luise, des
Büchsenmachers Tochter, erschreckt aufgesprungen, sie will von
ihrer Schlafkammer hinuntereilen, um nach der Ursache des Lärms
zu forschen. Da sieht sie, durch den Blitzstrahl für eine Sekunde
ganz deutlich, vor ihrem Hause die Männergruppe vorübergehen ...
Polizeiuniformen, inmitten eine hochgewachsene, kräftige Gestalt,
geknebelt ...

Wie ein Blitzstrahl durchzuckt es ihr Gehirn: Der Mann da, inmitten der Drei, ist ... Sie stürzt die Treppe hinunter, sie findet den Vater starr und stumm im Hausflur stehen. „Vater, war Klostermann
hier?" – Einsilbig kommt die Antwort: „Ja! – Der kommt nicht wieder." – „Vater, Vater!" schreit das junge Geschöpf auf, als sei es von
einem spitzen Pfeile durchbohrt. „Sie haben Klostermann gefangen!
Wehe ihm!" stöhnt Lutter auf, und seine Tochter sinkt ohnmächtig
an seinen Füßen zusammen ...

Durch die Gassen Brilons schreiten die Drei mit ihrer kostbaren
Beute, zwei zu beiden Seiten des Wildschützen, Aust hinter ihm.
Ganz eng bleiben sie beieinander, im Gleichschritt gehen sie, die
Augen alle[r] drei auf Klostermann gerichtet, jede Bewegung be-
obachtend, damit er ihnen nicht doch noch entwische. Man rühmt ja
dem gefährlichen Burschen ungewöhnliche Kräfte nach, man erzählt
sich von seinen ungewöhnlichen Künsten, die ihm in jeder Lage
zustattenkommen. Klostermann könnte, so sorgen sich die Polizisten, wenngleich er sich widerstandslos ergab, im Schutze der Nacht
jetzt unter Aufbietung all seiner Kräfte die Fesseln zerreißen, die
Begleiter von sich abschütteln und den nachgesandten Kugeln durch
kühne Sprünge ins Dunkle zu entkommen.

Doch der Beamten Sorgen zerstreut das Verhalten des Gefangenen: Der Wildschütz geht widerstandslos mit, er fügt sich dem Zwange, er macht gar keine Anstalten, sich [/127/] aus den Fesseln zu befreien. Er scheint sich in sein unabwendbares Schicksal ergeben zu haben, als er so durch die nächtlichen Straßen Brilons schreitet, dem Gefängnis zu. Hier will der Aufseher seinen Augen und Ohren nicht trauen, als man ihm die kostbare Beute anvertraut. So leichten Kaufes davon zu kommen, hat ja selbst Polizeisergeant Aust nicht erwartet. Hinter eiserne Gitter und schwere Türen des Gefängnisses in Brilon sperrt man den freien Sohn der Wälder ...

Mit dem Aufsteigen der Sonne am östlichen Horizont verbreitete sich die Kunde von der Gefangennahme Klostermanns wie ein Lauffeuer in Brilon. Als hochwichtiges Ereignis wird es überall besprochen. Von einer Haustür fliegt die Neuigkeit zur anderen, von der einen Straße in die andere. Ganz Brilon ist darum auf den Beinen. Die Briloner tragen die nächtliche Begebenheit in alle Herrgottsfrühe zu den Marktplätzen der Umgebung. Alle Gasthäuser landauf und landab sind erfüllt von dieser ungemein wichtigen Neuigkeit.

Die Telegrafen rattern es von Brilon aus in alle Welt: „Wildschütz Klostermann ist heute Nacht gefangen und sieht seiner Aburteilung entgegen."

Vorn Lande her kommen die Leute zur Stadt Brilon herein, um zu erfahren, ob die Geschichte sich wirklich so verhalte oder ob wieder ein Märchen in Umlauf gesetzt sei. Sie können es einfach nicht glauben, daß der Wildschütz, der seinen Verfolgern jahrelang so manches Schnippchen geschlagen, nun wie ein verscheuchtes Reh eingefangen sein soll.

Überall muß man die Kunde, so unglaublich sie auch klingen mag, bestätigen: Ja, Klostermann ist gefangen! Doch auch trotz der Bestätigung von allen Seiten schütteln noch viele Ungläubige die Köpfe und behaupten: Nein, es ist nicht richtig, es kann nicht richtig sein. Der Gefangene ist nicht der wahre Klostermann, sondern sein viel zahmerer Doppelgänger."

Ein Blick hinter die Gitter des Briloner Gefängnisses hätte die Ungläubigen von der vollen Wahrheit überzeugen können. Da sitzt der kühne Wildschütz im engen Verließ, untätig, unfrei, ohne grünen Wald und Pirschmöglichkeit, ohne blauen Himmel und Sommersonne. Halbdunkel ist`s im Raum, obschon die Sonne schon hoch am Himmel steht. In den Keller dringt durch das kleine vergitterte Fenster kein Sonnenstrahl.

[/128/] Nach einigen Stunden erst ist dem Wildschützen seine wirkliche Lage voll zum Bewußtsein gekommen. Er begreift nun selber nicht, wie das Unglück so unerwartet schnell über ihn hereingebrochen ist. Er begreift nun selber nicht, wie er sich so widerstandlos hat in sein Geschick ergeben können. Er hätte einen Kampf wagen sollen auf Leben und Tod. Er hat seine Freiheit zu billig verkauft! Besser ein Ende mit Schrecken als ein Schrecken ohne Ende!

Es bäumt sich auf in ihm der Drang nach Freiheit, gepaart mit der Wut über die, die ihn festsetzten. Er rüttelt an den Eisenstäben, die in dem Fensterloch ein Ausbrechen verhindern sollen. Er tritt gegen die schwere Tür, damit sie sich öffne. Aber schon nach einigen Versuchen muß er das Sinnlose seines Bemühens einsehen. Mutlos sinkt er in den düsteren Raum zurück.

Der Wildschütz ist ein hilfloser Gefangener in einem schwer verschlossenen Kerker! Zwar hat er mit dem Kerkerleben schon wiederholt Bekanntschaft gemacht – er hat die kurzen Strafen immer mit einem lachenden, einem weinenden Auge quittiert, – aber diesmal wird es zum mindesten Jahre kosten, bis er das Licht der Freiheit wieder erblickt, wenn er jetzt nicht hier in Brilon aus seinem Gefängnis entwischt.

Mit Gewalt ist hier nichts zumachen. Da muß ihm seine Klugheit und List zu Hilfe kommen. Aber wie entweichen, ohne bemerkt zu werden? – Hätte er nur eine Feile, er würde die Eisenstäbe der Fensternische durchsägen. Hätte er nur eine Schaufel, er würde unter dem Fußboden unbemerkt einen unterirdischen Gang graben zur Freiheit hin. Aber – kein Werkzeug steht ihm zur Verfügung als nur das Besteck zum Essen. In Tagen und Nächten bemüht sich der Wildschütz nun, einige Bretter des Fußbodens zu entfernen, um dann mit seinen Händen einen Gang in mühseliger Arbeit zu graben.

Einige Monate darf die Arbeit ruhig dauern; denn solange wird die Voruntersuchung dauern; solange wird er in Brilon bleiben, bis zur Hauptverhandlung in Paderborn.

Bereits eine Woche ißt er in Brilon das kärgliche Brot der Gefangenschaft. Der Gefängnisaufseher gibt scharf Obacht auf seinen nicht alltäglichen Insassen. Er hegt die Befürchtung, der gefährliche Bursche könne ihm entwischen. Brilon birgt ja zweifellos Freunde des Wildschützen, die ihm [/129/] zur Flucht behilflich sein könnten. Und der nicht allzu fest gebaute Kerker gäbe vielleicht doch Klostermanns Kraft nach, und der Wald sei nahe. Zudem habe der Wildschütz, so berichtet der Aufseher dem Untersuchungsrichter, kurz nach der Verhaftung ein solch ungebärdiges Wesen an den Tag gelegt, daß man annehmen müsse, es gereue ihn, sich so ohne Widerstand ergeben zu haben, und er werde jede sich ihm bietende Gelegenheit klug ausnützen, um zu entweichen.

Das Gericht beschließt deshalb den Transport Klostermanns nach Paderborn. Der Wildschütz macht ein saures Gesicht, als man ihm den Beschluß mitteilt. Nun wird sein Plan zu Essig, wieder zur Freiheit zu kommen.

An Händen und Füßen gefesselt, wird der Wilddieb in einen geschlossenen Wagen geschafft. Zwei Gendarmen und Polizeiinspektor Schnepel aus Minden bilden die Begleitung.

Durch die herrlichen Wälder zwischen Brilon und Paderborn geht die Fahrt. Durch das Fenster des Wagens kann der Gefangene die Landschaft betrachten. Jedesmal, wenn er zum Fenster hinaus auf das sommerliche Land blickt, seufzt er schwer auf. Er kennt ja hier jeden Weg und Steg. Wie oft schritt er singend und rauchend in diesen weiten Wäldern einher, mit der Büchse in der Hand, nach allen Seiten Auslug haltend, ob keine Beute oder Gefahr in der Nähe sei, ohne Furt, allen zum Trotz!

Er möchte jetzt hinausspringen aus diesem traurigen Gefährt, hinweg von diesen waffenstrotzenden Beamten, hinein in die goldene Freiheit, um dem Reh im tiefen Forst nachzujagen. Der stämmige Wildschütz erhebt sich, er will die Polizeibeamten von sich abschütteln, doch seine Hände sind schwer gefesselt, und seine Füße kann er nicht bewegen, da sie durch einen festsitzenden Knebel wie mit einem Eisenband zusammengehalten werden.

Zähneknirschend fällt der Sohn der Wälder auf seinen Wagensitz zurück. Die Begleitbeamten ermahnen ihn, ja keinen Fluchtversuch zu wagen: Drei „blaue Bohnen" auf einmal würden dann seinem Leben ein schnelles Ende bereiten.

Klostermann brütet finster vor sich hin. Jetzt führt man ihn als einen Menschen vor Gericht, der sich nur wenig von einem Mörder unterscheidet. Jahr und Tag hat er die Behörden und Wächter getäuscht, man wird ihn darum nicht hart strafen können. Aber Menschenblut hat er vergossen, [/130/] und deshalb erwartet ihn ein strenges Gericht. Wenn er sonst vor den Schranken des Gerichtes erschien, bezichtigte man ihn nur der Wilddieberei, und er kam mit einigen Monaten Freiheitsstrafe davon. Aber diesmal führt ihn der Wagen einer schweren Strafe entgegen, und es ist nicht ausgeschlossen, daß er seine Tage im Zuchthause wird beschließen müssen, zum mindesten aber den größten Teil seines Lebens darin wird zubringen müssen, mit Wergzupfen oder Spulen beschäftigt, – er, der frei wie ein Vogel durch die Weite strich, der als freier Bursch die Berge und Wälder durchstreifte.

Hundertmal verwünscht der Wildschütz auf der Fahrt durch das herrliche Land seine Fahrlässigkeit und bereut es, nicht nach Amerika ausgewandert zu sein. Wie war das doch mit dem Wunsche Luisens? Sprach sie nicht einmal davon, es sei besser, in der neuen Welt sich eine Existenz zu schaffen, denn als Verbrecher hier zu enden? Luise hat es gewiß gut gemeint. Ihrem Rate hätte er folgen müssen! Er säße jetzt nicht hier als elendiglicher Gefangener. Der Wildschütz will sich die Haare ausraufen. Doch was nützt das? Vorbei ist sein Glück durch eigene Schuld. Und diese seine Schuld erheischt ihre Sühne, schwere Sühne, in langer Fron hinter Zuchthausmauern.

Nach Paderborn, der alten Bischofsstadt, fährt der Wagen mit dem gefangenen Wildschützen. Es hat sich rasch herumgesprochen, daß der kühne Verbrecher zum Kreisgefängnis nach Paderborn soll transportiert werden. Viel Volk ist deshalb in der Domstadt auf den Beinen, um den Sohn der Wälder, über den man sich – so viel erzählt, zu sehen. Auf dem Bahnhof erwartet eine große Menschenmenge den Transport mit dem berüchtigten Wilderer. Unter den Neugierigen ist mancher, der dem Gefangenen nicht gram ist.

Die Neugierde der wartenden Menge ist jedoch nicht befriedigt worden. Einen Tag später, als man von Brilon gemeldet hat, kommt der Wagen – wohl absichtlich – in Paderborn an. Ganz unbemerkt rollt er in die Stadt ein, dem Kreisgefängnis zu. In sichereres Gewahrsam, als es Brilon ist, wird der Verbrecher überführt. Hinter dicke Mauern und schier unzerbrechliche Türen und Gitter sperrt man den Wildschützen, der bangen Herzens dem Prozeß entgegensieht, den das Gericht mit aller Sorgfalt vorbereitet. [/131/]

23.
DER VERRÄTERIN LOHN

Nun der Wildschütz gefangen ist, zerbricht sich alle Welt den Kopf
darüber, wie das bei der Schlauheit und Gewandheit des kühnen
Burschen hat möglich sein können. Insbesondere können es seine
zahlreichen Freunde nicht begreifen, daß er gerade im Hause des
Büchsenmachers gefaßt worden ist. Nach Meinung aller muß da ein
Verräter im Spiele sein! Man ergeht sich in allerlei Mutmaßungen.
Der eine will wissen, Lutters Nachbar Hillebrand habe den Wildschützen an die Polizei verraten; der andere vermutet den Verräter
in Meister Lutter selber; der dritte schleppt sich mit dem Gedanken
herum und spricht ihn gelegentlich aus: Des Büchsenmachers Gattin
hat ihn verraten.

Wer es wissen will, der muß sich das Gezänk in Lutters Hause
anhören, das sich seit der Verhaftung Klostermanns von Tag zu Tag
steigert. Meister Lutter ist es aufgefallen, daß sich das Wesen seiner
Frau gleich nach der ereignisreichen Nacht geändert hat. Frau Lutter
gibt immer mehr ihrer Befriedigung darüber Ausdruck, daß der
unheimliche Geselle endlich aus ihrem Hause fernbleibt, daß man
ihm einen sicheren Aufenthaltsort gegeben habe, aus dem es kein
Entweichen mehr gibt. Der Büchsenmacher kann diese Meinung
seiner Frau nicht teilen und wettert immer darauf los, wenn die Rede
auf den Wildschützen kommt. Häufiger als sonst sieht er jetzt den
Polizeisergeanten Aust in seinem Hause, länger als gewöhnlich sieht
er diesen auch mit seiner Frau zusammenstehen und leise Zwispra-
che halten, als ob zwischen beiden ein Geheimnis bestände, um das
er nicht wissen dürfe. Trotzdem er seine Frau wiederholt darob zur
Rede stellt, kann er den Grund des Tuschelns mit Aust nicht erfahren. Sie gibt ihm immer ausweichende Antworten und reizt ihn
dadurch zum Zorn, den Luise, die mit der Verhaftung des Wildschützen ihre Hoffnung auf Auswanderung nach Amerika begraben
mußte und sich von ihrem Leid nur allmählich erholte, zu besänfti-
gen sich stets bemüht. So herrscht auch nach der Beseitigung des

Streitgegenstandes, des Wildschützen, um dessentwillen der Unfriede und Streit ins Haus des Büchsenmachers einkehrte, weiter Hader und Ärger in der Familie. Kein Wunder ist's deshalb, wenn Meister Lutter [/132/] sich noch mehr dem Trunke ergibt, sein Geschäft vernachläßigt. Die Geldsorgen mehren sich, die Schuldenlast wächst.

Kurze Zeit nach der durch ihr Zutun erfolgten Verhaftung Klostermanns setzt sich Frau Lutter hin, um in aller Stille einen Brief zu schreiben. Es ist schon merkwürdig, daß Frau Lutter schreibt. Sie überläßt dies sonst ihrem Manne oder ihrer Tochter. Aber diesmal muß sie höchst eigenhändig schreiben in einer hochwichtigen Angelegenheit. Aust hat es ihr geraten und einen Entwurf angefertigt.

Die Verräterin will ihren Lohn haben! Frau Lutter, die den Wildschützen verriet, will dafür die ausgesetzte Belohnung von 500 Talern haben!

500 Taler werden ihre Notlage wenden. 500 Taler werden auch ihren Mann umstimmen und den häuslichen Frieden wiederherzustellen vermögen. 500 Taler in ihrer Hand werden eine Zaubermacht sein, die die Schrecken der jüngst vergangenen Nacht, als man den Wildschützen fing, doppelt aufwiegen, ein Zauberschlüssel, womit sie auch das Herz ihrer Tochter Luise zu erschließen hofft, um es willfährig zu machen ihren Plänen.

Frau Lutter schreibt an den Oberförster von Wrede in Hardehausen:

„Hiermit erlaube ich mir ganz untertänigst die Bitte Ew. Hochwohlgeboren vorzutragen, doch dafür zu sorgen, daß mir bald die ausgesetzte Belohnung von 500 Talern, in Worten: „Fünfhundert Taler", für den Fang des Klostermann ausgezahlt werde. Ich bin die Frau des Büchsenmachers Lutter in Brilon. Ich bin es gewesen, die den Wildschützen Klostermann, den „Rinaldo Klostermann" dem Polizeisergeanten Aust in Brilon in jener Juni-Nacht meldete und so seine Verhaftung möglich machte.

Ich habe in der fraglichen Nacht nicht wenig Gefahr dabei ausgestanden, indem ich einen Zaun überklettern mußte und dabei mir mein Kleid zerriß. Es ist gut, daß man nun den Rinaldo-Klostermann gefangen hat; denn wir waren unseres Lebens nicht mehr sicher. Ich freue mich auch, daß es ohne Blutvergießen in unserem [/133/] Hause abgegangen ist. Ich bitte sie nun ganz ergebenst, Herr Oberförster, doch für die schnelle Auszahlung der Belohnung zu sorgen. Wir können das Geld auch gut gebrauchen.

Mit dem Ausdruck ganz vorzüglicher Hochachtung zeichne ich als Ew. Hochwohlgeboren Untertänigste

Frau Lutter aus Brilon."

Frau Lutter ist das Briefschreiben eine schwere Arbeit, und sie ist froh, dies nun hinter sich zu haben. Gut klebt sie den Briefumschlag zu und trägt den Brief, der all ihre Not wenden soll, zur Post. Sie hofft, schon in einigen Tagen die richtige Antwort zu erhalten, ja sie glaubt, jeden Tag den Geldbriefträger erwarten zu dürfen. Bis dahin muß sie ihr Geheimnis vor ihrem Mann und ihrer Tochter hüten, um dann, im Glanze von 500 blanken Talern, von beiden umjubelt zu werden.

Was sagt doch Aust immer? „Frau Lutter, Ihr bekommt die ausgesetzte Belohnung so sicher wie das Amen in der Kirche!" Und was Polizeisergeant Aust sagt, darauf muß man bauen.

Welche Belohnung wohl Aust bekommt? Auch darüber zerbricht sich Frau Lutter den Kopf. Sicher doch neben einer schönen Summe Geldes die Beförderung in eine höhere Stellung. Aust ist ja ein tüchtiger, gewissenhafter Beamter, der eine glänzende Laufbahn verdient.

Ob wohl Klostermann je von ihrem Verrat erfahren wird? Ob sie vor Gericht wird gegen ihn zeugen müssen? Ob über ihm jemals noch die Sonne der Freiheit aufgehen wird? Welche Gedanken nicht alle das arme Gehirn der Verräterin martern! Tag und Nacht wird sie von solchen Fragen überfallen, die sie dann stundenlang nicht loslassen. Und keinen Menschen hat sie, mit dem sie ihre Besorgnisse besprechen kann, keinen Verwandten und Bekannten, mit dem sie sich richtig aussprechen kann und darf – außer Aust.

Wochen und Monate banger Sorge für Frau Lutter vergehen. Das Gezänk im Hause steigert sich von Tag zu Tag. Trotz Erinnerung erhält sie auf ihren Brief an den Oberförster Wrede-Hardehausen keine Antwort. Könnte sie doch [/134/] mal mit dem Oberförster persönlich sprechen, um sich zu vergewissern, wie eigentlich die Sache mit der Belohnung für sie steht! Aber wie soll sie von Brilon, aus ihrem Hause, die Tagereise unternehmen, ohne daß Mann und Tochter erfahren haben, weshalb sie reist! Und sagen kann und darf sie ihnen den Grund nicht. Auch Aust kann sie nicht zum Oberförster nach Hardehausen schicken. Er hat zwar versprochen, ihr behilflich zu sein, aber – persönliche Verhandlungen könne er als Beamter dieserhalb nicht führen.

So hofft sie und harrt sie von einem Tag zum anderen, bis nach Monaten die Wirklichkeit mit rauher Hand das Gebäude ihrer Hoffnungen und Träume jäh niederreißt.

Auf einer Besuchsfahrt seiner Bredelarer und Briloner Kollegen betritt Oberförster Wrede aus Hardehausen das Haus des Büchsenmachers in Brilon und wird vom Meister Lutter unbekannterweise freundlichst begrüßt. Der Büchsenmacher hofft in dem eleganten Grünrock einen neuen Kunden zu erhalten. Doch wie groß ist sein Erstaunen, als er nach Bekanntgabe des Namens des Fremden dessen Begehr erfährt. Schon der Name des Oberförsters Wrede jagt dem Büchsenmacher Furcht und Schrecken ein; ist er es doch, über den sein Freund, der Wildschütz, ihm so vieles erzählte, den des Wildschützen Kugel traf, wofür der sich bald vor Gericht wird verantworten müssen.

Der Oberförster ist ohne jede Ahnung, daß Meister Lutter und seine Frau betreffs des Wildschützen Klostermann ganz verschiedene Wege gegangen sind, und erschließt dem Büchsenmacher das Geheimnis um seine Frau, das zu ergründen der Mann sich seit langem bemüht:

„Seht mal, Lutter, die Briefe Eurer Frau" – Luther will den Oberförster neugierig unterbrechen, aber der Beamte wehrt ab – „die Briefe sind geschrieben unter der als selbstverständlich hingenommenen Voraussetzung, die Staatsbehörde müsse die wiederholt auf den Fang des Klostermann ausgesetzte Belohnung von 500 Talern unter allen Umständen auszahlen. Bei derartigen Belohnungen ist aber der Rechtsweg ausgeschlossen, und es ist in das freie Ermessen der Staatsbehörde nach Abwägung aller Umstände gelegt, ob und wem die Belohnung ausgezahlt wird. Wir freuen uns sehr, daß wir den frechen Burschen nun endlich hinter Schloß und Riegel sitzen haben, damit er endlich den verdienten Lohn für seine jahrelangen Missetaten erhält. Wir [/135/] haben auch mit Freuden gehört, daß

Eure Frau einen tätigen Anteil an der Verhaftung Klostermanns hat, weil sie dem Polizeisergeanten Aust den nächtlichen Aufenthalt in Euerem Hause meldete." – Voll Erstaunen will ihn Lutter unterbrechen: „Aber, Herr Oberförster ..." Doch der Oberförster wehrt wiederum ab und spricht weiter: „Aber in erster Linie ist der Fang dem mutigen Einsatz der Polizeibeamten zu danken, und dafür soll den drei Beamten eine kleine Anerkennung zuteilwerden. Jedoch können Eurer Frau die beantragten 500 Taler nicht ausgezahlt werden. Frau Lutter hat Klostermann zwar verraten, aber nicht gefangen. Ich danke Euch für Eure Bemühungen und empfehle mich."

Ehe sich's Meister Lutter versieht, ist der schmucke, stattliche Herr mit dem grünen Lodenanzug und den Reitstiefeln aus seinem Hause. Er hört ihn in wenigen Augenblicken davonreiten. „Frau Lutter hat Klostermann verraten, aber nicht gefangen!" hämmert es in Lutters Schläfen. Seine Frau eine Verräterin, seine Frau die Verräterin des Freundes Klostermann! Das kann der Meister so schnell nicht fassen. Wenn er's selbst nicht aus dem Munde des Beamten gehört hätte, er könnte es trotz allem nicht glauben. – Seine Frau eine Verräterin für Geld! Wo ist sie, die den Ruf des Hauses Lutter durch ihren Verrat beschmutzte? Wo ist die Elende, die hinter seinem Rücken, ohne sein Wissen und seinen Willen das schändliche Spiel trieb?

Gut, daß Frau Lutter jetzt nicht zu Hause ist, Meister Lutter hätte ihr in seinem aufwallenden Zorn ein Leid angetan.

Nun ist es vollends aus mit einem erträglichen Verhältnis zwischen den Eheleuten Lutter. Mit den bittersten Vorwürfen überhäuft Lutter seine Frau nach ihrer Rückkunft. In wüsten Beschimpfungen ergeht sich Frau Lutter über die Behörde, die ihr die Belohnung nicht auszahlen will.

Sobald der Name Klostermann im Hause Lutter nur fällt, gibt es, jedesmal ein Gepolter und Geschimpfe, daß sich die Nachbarn darüber entsetzen und die Polizei wiederholt zur Ruhestiftung herbeiholen.

Infolge des Ärgers und der Aufregungen siecht Frau Lutter allmählich dahin. Der frühe Tod, so sagen die, die um den Verrat wissen, sei der Lohn für ihren Verrat. Auch Luise, die blühende Menschenblume, ist durch all diese Ereignisse arg mitgenommen. Den drohenden Verfall des väterlichen [/136/] Vermögens macht sie nach Jahren der Sorge ein Ende durch die Heirat mit einem Büchsenmacher, der einst als Geselle bei ihrem Vater tätig, sich nach vielen Wanderfahrten und nach Jahren emsiglichen Schaffens in Brilons Mauern wieder einfindet, Luise einst als Kind kannte und nun als glückliche Gattin heimführt, zur Freude des alten Meisters Lutter, der sich nun der Ruhe hingeben kann … [/137/]

24.
VOR GERICHT

Die Voruntersuchung gegen Hermann Klostermann wegen seiner
Verbrechen und Vergehen dauert ziemlich lange. Erst auf den 12.
November wird der Beginn der öffentlichen Verhandlung vor dem
Schwurgericht in Paderborn angesetzt.

Begreiflicherweise hat seit langer Zeit kein Prozeß ein solch ungeheures Aufsehen weit und breit hervorgerufen wie der Klostermann-Prozeß. Was sich eben frei machen kann für den Verhand-
lungstag, geht oder fährt nach Paderborn. Der Verhandlungssaal
vermag die Menge der Zuhörer nicht zu fassen. Lange vor Beginn
der Verhandlung sind die Plätze – von Leuten aus Rhoden und Wrexen und Hardehausen, aus Kleinenberg und Oesdorf und Meerhof,
aus Westheim und Stadtberge und Brilon, von Männern und Frauen
vorbestellt, um ja die Möglichkeit zu haben, den Prozeß von Anfang
an zu verfolgen, den kühnen Verbrecher noch einmal von Angesicht
zu Angesicht zu sehen, ihn selbst und die Zeugen über seine Taten
zu hören und den Richterspruch über den Wildschützen zu vernehmen.

Die Zuhörer sitzen schweigend, nicht minder erwartungsvoll die
Geschworenen, als Klostermann auf die Anklagebank geführt wird.
Trotz seiner fünfmonatigen Kerkerhaft hat der Wildschütz von seinem trotzigen Wesen nichts eingebüßt. Seine Gesichtszüge, wenn
auch ein wenig bleich, sind doch im ganzen straff, und seine Augen
blicken keck in den übervollen Saal, wie ehedem auf freier Pirsch.
Die schlanke, kraftvolle Gestalt macht auf die Zuschauer einen besonders angenehmen Eindruck.

Nicht im geringsten verlegen erscheint Hermann Klostermann in
seiner jetzigen Rolle als Angeklagter, obschon ihm schwere Verbrechen zur Last gelegt werden, die ihm die Schamröte ins Gesicht treiben müßten. Beim Eintritt in den Verhandlungssaal mustert er vielmehr mit kühnem Blick die Menge der Zuschauer. Es liegt etwas wie

Stolz in ihm, wie eine große Genugtuung, daß aus Interesse für seine Person sich eine solch große Menschenmenge hier eingefunden hat.

Gerichts-Direktor Weingärtner aus Warburg führt den Vorsitz in der Verhandlung. Staatsanwalt Müller zu Paderborn [/138/] vertritt die Anklage. Als Verteidiger ist dem Wildschützen Rechtsanwalt Fischer beigegeben. Die Sitzung beginnt. Der Präsident verliest die Namen der Geschworenen. Hierbei kommt es schon zu einem kleinen Konflikt zwischen Verteidiger und Gerichtshof.

Der Verteidiger wendet ein, daß sich außer verschiedenen Pächtern und Gutsbesitzern auch zwei Bürgermeister und Ortsschulzen, also mit Polizeifunktionen betraute Persönlichkeiten unter den Geschworenen befänden. Das könne er kraft gesetzlicher Bestimmungen nicht gutheißen. Er verwarf die zwei Bürgermeister und Ortsschulzen als Geschworene. Das Gericht ist darüber anderer Meinung und tritt der Ansicht des Verteidigers entgegen. Der Verteidiger aber entgegnet: Er halte die Zusammenstellung der Geschworenen in diesem Fall Klostermann zum mindesten für auffällig und werde öffentlich diese rügen. Der Gerichtshof aber verwirft die Anträge der Verteidigung auf Grund des Gesetzes vom 3. Mai 1852, Artikel 56.

Bei der Auslosung der Geschworenen nimmt man aber doch Rücksicht auf die Einlassungen der Verteidigung.

Die Gerichtsverhandlung beginnt mit der Vernehmung der vielen Zeugen. 40 Männer und Frauen müssen abgehört werden, als Belastungs- oder Entlastungszeugen über die schweren Anschuldigungen, die man gegen Klostermann erhebt, in Bezug auf den Oberförster Wrede, den Förster Heinemann und den Infanteristen Struck.

Der Präsident ermahnt die Zeugen und den Angeklagten streng, bei der Wahrheit zu bleiben. Klostermann bleibt, entgegen den Zeugenaussagen, dabei, im Falle des Oberförsters Wrede durchaus nicht die Absicht gehabt zu haben, auf den Oberförster, den er übrigens gar nicht kenne, schießen zu wollen. Er habe vielmehr sein Gewehr nur gegen das Pferd gerichtet. Dieselbe Deutung hat der Wildschütz schon im Laufe der Voruntersuchung bei einem Verhöre des Untersuchungsrichters seinem Schusse auf den Oberförster gegeben. Die Zeugen freilich, die zur Sache verhört werden, widerlegen seine harmlosen Behauptungen bedeutend. Sie geben die unbedachten und rücksichtslosen Äußerungen, die er nach der Tat gemacht hat, wahrheitsgetreu wieder, und diese Aussagen schaden ihm gewaltig.

Der getroffene Oberförster spricht als Hauptzeuge seine Überzeugung zu dem Fall dahin aus: Klostermann habe zwar [/139/] nicht das Pferd, sondern sein Bein treffen wollen; der Wildschütz habe ihn nicht töten, sondern ihm nur einen Denkzettel geben wollen. Und die Überzeugung des Oberförsters wird durch viele Zeugenaussagen bekräftigt. So hat Klostermann, das bezeugt der Gefängniswärter Engemann, am Abend seiner Gefangennahme zu diesem geäußert: „Wrede hat eins in die große Zehe gekriegt, – daran wird er nicht sterben. Er hätte von mir auch wegbleiben sollen."

Im allgemeinen bleibt der Wildschütz bei den Erzählungen von dem Attentate, wie er sie in der Voruntersuchung zu Protokoll gegeben hat. Sein Wesen ist freimütig und ohne die geringste Unruhe, obschon doch für ihn als Angeklagten, dem man schwerste Verfehlungen vorwirft und zu beweisen versucht, alles auf dem Spiele steht.

Witwe König aus Westheim fällt, als sie in den Schwurgerichtssaal tritt, in Ohnmacht; sie ängstigt sich vor der großen Zahl der Richter und Geschworenen. In aller Seelenruhe gibt Klostermann den Gerichtsdienern den Rat: „Wascht ihr die Pulsadern mit kaltem Wasser." Während der Verhandlung, die er mit aller Aufmerksamkeit bis in alle Einzelheiten verfolgt, ist sein Augenmerk geteilt zwischen Richter und Publikum. Häufig kommt in der Verhandlung die Rede auf seine Heldentaten, und dann sieht er jedesmal stolz sich im Saale um, welchen Eindruck die Berichte über seine kühnen Verbrechen auf die Menge hervorrufen. Ebenso lacht er hellauf mit, wenn irgendein komischer Zwischenfall bei der Abhörung der Zeugen, die zum größten Teil zum ersten Male vor Gericht stehen, Richter, Geschworene und Publikum zum Lachen reizt.

Aus seiner ganzen Haltung und seinem Benehmen vor Gericht scheint klar hervorzugehen, daß Klostermann durchaus nicht von der Strafbarkeit seiner Handlungen überzeugt ist, daß er seine Wilddiebstähle und alles, was damit zusammenhängt, vielmehr keineswegs zu den Verbrechen rechnet, wie das auch eine große Anzahl derer tut, die im Saale als Zuhörer sitzen.

Im Verlaufe der vielen Verhöre wird auch der beklagenswerte Förster Heinemann aus Rhoden aufgerufen, den Klostermanns Kugel zum Krüppel schoß. Der Wildschütz zeigt bei seinem Anblick nicht die geringste Spur von Mitleid. Er scheint auch in diesem Falle in den Verletzungen des Försters nur die gerechte Strafe für den Störer seiner Jagdfreuden [/140/] zu sehen.

Bezüglich des Attentats sagt der Angeklagte: „Ich habe auf Heinemann nur zu meiner eigenen Verteidigung geschossen. Als ich durch die Tannen schritt, bemerkte ich einen Mann im blauen Kittel, dem ich auswich. Gleich darauf sah ich einen zweiten Mann auf mich zukommen und rief ihm zu: „Ihr habt Euren Buddel fallen lassen." Das rief ich aus keinem anderen Grunde, als um den Mann zum Bücken zu veranlassen, damit ich bei dieser Gelegenheit mich aus dem Staube machen könne. Und ich bin auch entwischt, aber da streckte sich mir aus dem Dickicht ein mit einem Gewehr bewaffneter Arm entgegen – die Person habe ich nicht gekannt – und ich habe dann nur auf den Arm gezielt, um dem Schützen zuvorzukommen. Ich weiß wirklich nicht, wer der Mann gewesen ist, und kann auch nicht sagen, ob ich ihn getroffen habe. Den Förster Heinemann kenne ich nur von einer Gerichtsverhandlung in Brilon, die vor Jahren gegen mich stattfand."

Doch die Zeugen, und das ist nicht schwer, lassen auch diese Darstellungen des Wildschützen in nichts zerfließen.

Besonders spricht auch gegen Klostermanns Behauptungen die durch die Zeugen geschilderte Beschaffenheit der Gegend, in der sich das Attentat gegen Heinemann abgespielt hat.

Die Tannen an diesem Orte standen hier so dünn, daß ein Verbergen des Försters Heinemann nicht möglich gewesen wäre. Die Zeugen müssen zudem auch in diesem Falle die Äußerungen des Wildschützen gleich nach der Tat unverblümt wiedergeben, die ihn sehr schwer belasten.

Im Falle des Infanteristen Struck leugnet der Angeklagte ganz und gar, den Schuß auf diesen abgefeuert zu haben. Wie nicht anders zu erwarten, gibt er in diesem Falle einzig und allein seinem getöteten Weidgenossen Lohoff die Schuld.

Doch durch die Beweisaufnahme wird einwandfrei erhärtet, daß die verfolgenden Soldaten neben dem gefallenen Lohoff dessen Gewehr gefunden haben, das noch umwickelt und geladen war. Ganz besonders aber wird die Darstellung Klostermanns durch die Aussage eines Sachverständigen unter den Verfolgern Lügen gestraft, der klipp und klar erklärt: Man kann sehr wohl den Ton eines aus einem Zündnadelgewehr abgefeuerten Schusses von dem eines Perkussionsgewehrs unterscheiden, und aus einem Perkussionsgewehr ist der erste Schuß auf den Infanteristen Struck gefallen.

[/141/] Der Verteidiger beantragt nun eine genaue Rekognoszierung des Angeklagten durch die Zeugen Gebrüder Beneke im Falle Heinemann. Das Gericht gibt dem Antrage statt. Bei der Gegenüberstellung der Zeugen Gebrüder Beneke mit dem Wildschützen stellt sich heraus, daß ein Teil der Bewohner der Gegenden, in denen Klostermann gehaust hat, noch immer an eine zweite, dem angeklagten Klostermann ähnliche Persönlichkeit glaubt: Obwohl die beiden Benekes in allem mit den Aussagen des Försters Heinemann übereinstimmen, äußert August Beneke vorsichtigerweise: „Der mir hier Vorgestellte ist Hermann Klostermann, vorausgesetzt, daß nicht ein zweiter Mann existiert, der ihm vollkommen gleicht."

Wichtig und entscheidend ist hier die Aussage der Frau seines Jagdgenossen, der Witwe Lohoff. Sie bezeugt, daß Klostermann nach der Tat gegen Heinemann zu ihr gekommen sei und gesagt habe: „Heinemann hat auch was in den Pelz gekriegt. Sie werden sich wohl nun in acht nehmen."

Klostermann verlegt sich demgegenüber hartnäckig auf's Leugnen, es scheint, als ob er trotz allen ungünstigen Momenten nicht aus der Fassung zu bringen sei.

Da tritt der Büchsenmacher Lutter ein. Auch er ist vom Gericht als Zeuge geladen. Bei seinem Erscheinen wird der Wildschütz merklich unruhig. Wenn der Büchsenmacher die volle Wahrheit sagt, dann ist es schlecht um ihn als Angeklagten bestellt. Und in der Tat – die Aussagen Lutters bringen ihn sehr in Verlegenheit. Lutter berichtet, Klostermann habe ihm ganz frei von den Attentaten und noch verschiedenen anderen Dingen gesprochen.

Was ist da zu machen? Klostermann sucht auch da einen Ausweg zu finden. Er stellt – und das schadet seinem Ansehen nicht wenig – seinen Freund Lutter als Trunkenbold und Lügner hin. Es sei auf Lutters Reden nicht viel zu geben, der recht gern im Verkehr mit

Wilddieben gestanden habe. – Im gleichen Atemzuge stellt er Lohoff ebenfalls als unglaubwürdigen Menschen dar, der ihm sogar ein Gewehr gestohlen habe.

Zwei Tage braucht das Gericht, um die große Menge der Zeugen zu vernehmen. Nachdem der Präsident die sehr umfangreiche Beweisaufnahme geschlossen hat, beginnt der Verteidiger sein Werk. In mehrstündiger Rede sucht er den Angeklagten zu entlasten und das Gericht zur Milde zu stimmen. [/142/] Mit großem Geschick ist seine Verteidigungsrede aufgebaut. Eingehend beschäftigt er sich mit der Anklage und den Ergebnissen der Beweisaufnahme. Im Falle Wrede und Heinemann gipfeln seine Ausführungen darin: Klostermann hat zwar die Schüsse auf Wrede und Heinemann abgefeuert, – aber einmal nicht in der Absicht zu töten und zum zweiten bestimmt ohne beide Personen gekannt zu haben. – In diesen Fällen, so führt der Verteidiger aus, könne also, nicht auf Mordversuch, sondern nur auf vorsätzliche Körperverletzung erkannt werden. – In der Angelegenheit des Schusses auf den Infanteristen Struck kommt der Verteidiger zu dem Schluß: „Ich verwerfe diese Sache für den Prozeß Klostermann gänzlich und erachte sie, soweit überhaupt Klostermann dabei beteiligt gewesen sein soll, für durchaus unerwiesen."

Die geschickte Verteidigungsrede macht auf die Zuhörer einen starken Eindruck, nicht minder auf die Wildschützen selber, der nun mit einem milden Richterspruch rechnen zu können glaubt. Auch die Geschworenen, das sieht man, sind den Ausführungen des Verteidigers gespannt gefolgt. Ein tiefer Ernst liegt in ihren Zügen, der Ausdruck einer großen Verantwortung für ihren bald zu fällenden Spruch. Hier harrt ihrer eine schwere Aufgabe, vor die sie in ihrem Leben wohl kaum wieder gestellt werden.

Nach der Rede des Verteidigers kommt der Präsident noch einmal auf die ganze Verhandlung in kurzen Zügen zurück. Er hebt dabei die wichtigsten Punkte hervor, auf die die Geschworenen ihr besonderes Augenmerk richten sollen. Darauf legt er ihnen acht Fragen vor.

Zur Beratung ziehen sich die Geschworenen zurück. Erwartungsvolle Spannung liegt auf allen Gesichtern. Eine gewitterhafte Schwüle herrscht im Schwurgerichtssaal.

Nicht allzu lange lassen die Geschworenen auf sich warten, sie erscheinen wieder im Saale und nehmen am Richtertische Platz. Was ist ihr Befund?

Im Falle Struck verneinen die Geschworenen die Schuld Klostermanns. Dagegen befinden sie Klostermann schuldig des Versuches, sich dem Oberförster von Wrede und dem Forstbeamten Heinemann bei Ausübung ihres Berufes tätlich widersetzt zu haben. Sodann stellen sie eine doppelte, vorsätzliche, schwere Körperverletzung seitens des Angeklagten fest.

Nach dem Spruch der Geschworenen kommt der Staatsanwalt [/143/] zu Worte. Für die festgestellten Verbrechen Klostermanns beantragt er die hierfür zulässige Höchststrafe von zwanzig Jahren Zuchthaus.

Dieser Antrag des Anklagevertreters löst im ganzen Saale stummes Entsetzen aus. Die Männer im Zuhörerraum blicken starr vor sich hin. Die Frauen und Mädchen ziehen Taschentücher, um sich die hervorbrechenden Tränen abzuwischen. Ohne jede Bewegung steht der Missetäter in der Anklagebank. „Zwanzig Jahre Zuchthaus!" schießt es wie mit marternden Pfeilen durch sein Gehirn. „Zwanzig Jahre im Kerker!" Nun ist alles aus. Wenn er überhaupt die lange Zeit hinter Kerkermauern übersteht, ist er nach Verbüßung der Strafe ein Greis, gebrochen an Körper und Geist. „Zwanzig Jahre Zuchthaus!" Das ist eine zu schwere Buße für seine Freveltaten, das ist ein zu hoher Preis für seine Jagdfreuden.

Aufs neue beginnt der Verteidiger sein Werk; um für den Wildschützen zu retten, was noch zu retten ist. Er stützt sich bei seinen Ausführungen darauf, daß im Falle Klostermann nicht das strenge Preußische, sondern das mildere Waldeckische Gesetz gehandhabt werden müsse, weil die Attentate auf Waldeckischem Grund und Boden ausgeführt worden seien. Er bittet auf eine Strafe von höchstens drei Jahren Zuchthaus zu erkennen.

Lautlose Stille herrscht im Saal, als das Gericht das Urteil verkündet:

„Der Angeklagte Hermann Klostermann wird zu acht Jahren Zuchthaus verurteilt, und zwar wegen fortgesetzten Jagdvergehens, wegen des Versuches, sich dem Oberförster von Wrede und dem Forstbeamten Heinemann bei Ausübung ihres Berufes, tätlich widersetzt zu haben und wegen doppelter, vorsätzlicher schwerer Körperverletzung. Von der Anklage des Mordversuches in zwei Fällen und von der Anklage betreffend den Infanteristen Struck wird er freigesprochen."

In der vom Vorsitzenden gegebenen eingehenden Begründung des Urteilsspruchs wird u. a. darauf hingewiesen, daß das Gericht beim Urteil die Preußischen und Waldeckischen Gesetze zu Rate gezogen und die auf den Fall bezüglichen Paragraphen herausgenommen habe.

Bei der Verlesung des Urteils und seiner Begründung hellen sich die Gesichtszüge des seit dem Antrage des Staatsanwaltes [/144/] finster dreinschauenden Wildschützen merklich auf, ja sie erheitern sich förmlich. Wie es scheint, findet er die Strafe von 8 Jahren Zuchthaus im Augenblick gering genug für seine jahrelang betriebenen Auflehnungen gegen das Gesetz und die Gesetzeshüter.

Gleich nach der Urteilsverkündung wird er abgeführt, und man erzählt sich, daß er dabei – mit freudigem Schmunzeln – vor sich hingemurmelt habe: „Für eine so geringe Strafe – habe ich Vergnügen genug gehabt."

Das Publikum verläuft sich in ziemlicher Erregung. Lebhaft wird die Verhandlung in den einzelnen Phasen und das Urteil besprochen. Namentlich können es die weiblichen Zuhörer und Zeugen nicht fassen, daß man den Wildschützen mit einer solch harten Strafe belegte. Für sie ist Klostermann ja kein Verbrecher, sondern lediglich ein Märtyrer, der durch seine schöne Persönlichkeit und die romantische Färbung seiner Abenteuer doppelt an Reiz und Teilnahme gewonnen hat. Ein großer Teil der Männer denkt ebenso.

Im Laufe der Verhandlung ist auch die eigenartige Rolle von Frau Lutter zur Sprache gekommen. Auch von der Prämienforderung ist die Rede gewesen. All das hat das Ansehen der Frau des Büchsenmachers nicht gehoben, im Gegenteil: voll Haß wenden sich alle von der Verräterin ab.

In den Aussprachen um den Klostermann-Prozeß kommt immer wieder das Bedauern zum Ausdruck, daß es nun mit den vielen Abenteuern des berühmten Wildschützen ein Ende habe. Während der Täter für seine Untaten schwer hinter Zuchthausmauern büßt, erzählt man sich gern seine Streiche und Heldentaten landauf und landab. ja, nach Jahrzehnten noch wird im Marsberger, Waldecker, Warburger, Briloner, Paderborner Lande manche Geschichte von ihm erzählt, die Vater seinen Söhnen und Töchtern mit allem Nimbus überliefert. [/145/]

25.
AUSKLANG

„Du warst mir ein täglich Wanderziel,
Viellieber Wald, in dumpfen Jugendtagen,
Ich hatte dir geträumten Glücks so viel
Anzuvertraun, so wahren Schmerz zu klagen.
Und wieder such' ich dich, du dunkler Hort,
Und deines Wipfelmeers gewaltig Rauschen –
Jetzt rede du! Ich lasse dir das Wort!
Verstummt ist Klag und Jubel. Ich will lauschen."

C. F. MEYER

Nach Jahren öffnen sich ihm die grünen Pforten in die dämmernde
Einsamkeit, nach Jahren des Heimwehs zum grünen Walde einem
gebrochenen Manne von hoher Gestalt. Kein Zweiglein rührt sich,
kein Blättlein flüstert, wie verzaubert stehen die hohen Wipfel im
letzten Abendschimmer, und die weißen Dolden warten regungslos
am Wege mit ihren runden blassen Gesichtern. Ein roter Goldstrahl
läuft klingend durch die grauen Stämme und springt flirrend von
Ast zu Ast, als suche er etwas. Es liegt wie ein Geheimnis, wie ein
wunderbar glückseliges Geheimnis im tiefen Grunde, wohin das
Rufen der Tauben lockt. Man kann nicht anders, man muß folgen,
das Herz drängt mit heißen Schlägen ...

Leben, Leben, quellendes, schwellendes, überwallendes Leben
wirkt und webt und wogt in Verschwendung, man fühlt sich hineingezogen in den jauchzenden Strom, wie aufgelöst und hingegeben,
gleich einer Welle, die sich spielend auf und nieder wiegt. Und immer locken die Tauben aus dem Talgrunde ...

Wie der Wald atmet! Er atmet lauter Kraft und Leben, lauter Jugend und Wonne, und tiefe, tiefe Seelenstille. Sein Atem berauscht
die Sinne des einsamen Mannes, doch nicht mit dumpfer Stumpfheit,
sondern mit prickelndem, vibrierenden Leben ...

Jetzt ist es dem Manne, als sei es wieder wie vor zehn, vor zwanzig Jahren. Der Wald; der grüne Wald, der heimatliche Wald hat ihn wieder in seinen Bann geschlagen.

Er kann nicht anders. Heute Abend noch muß er auf die [/146/] Pirsch. Heute Abend noch muß ein Rehbock, von seiner Kugel getroffen, im Waldmoos liegen, komme, was da mag. Heute ist's, wie ehedem: ein freier Schütze ist er im Revier.

Und ehe noch die Sonne über dem grünen Walde untergeht, verfolgt er auf wohlbekannten Wegen ein Stück Wild. Mit zielsicherem Auge und geübter Hand streckt er ihm einen Gewehrlauf entgegen und – Schuß – Knall – bricht der Rehbock zusammen. Des Wildschützen Klostermann Kugel hat ihn niedergestreckt ... Des Wildschützen Hoffen in langen Jahren ist erfüllt: nur einmal noch in seinem Revier zu jagen ...

„Mensch, du flieh mit deinem Schmerz
An die heimatlichste Stelle,
An des Trostes reinste Quelle,
Flüchte an das Mutterherz."

Heimweh nach der Mutter drängt den verlorenen Sohn nach Mittelwald. Nur einmal noch in das Mutterantlitz schauen, von der Mutter Verzeihung erbitten für seine Missetaten; dazu treibt es jetzt den Wildschützen. Er will dann in Frieden seine Tage beschließen, mit der Hände Arbeit sich den Lebensunterhalt verdienen.

Doch – im Forstbaus Mittelwald herrscht ein anderer Förster. Dalchow ist weg – Frau Dalchow ist vor Gram um ihren verirrten Sohn eines frühen Todes gestorben. Sie sollte die Heimkehr ihres verlorenen Sohnes nicht mehr erleben.

Wie ein glühendes Schwert durchbohrt diese Kunde des Wildschützen Herz ...

„Doch die Mütter sterben bald;
Hat man dir begraben deine,
Flüchte in den tiefsten Wald
Mit dem wunden Reh und weine ..."

Im tiefsten Walde sucht der Wildschütz den Schmerz zu vergessen. Eine letzte Bitte hat er, als er ergraut nach Irrungen und Wirrungen seine müden Glieder zur letzten Ruhe ausstreckt

„Tief in Waldeinsamkeit ein Grab, ein Grab!
Von allen Menschen ferne, ja recht ferne!
Da senkt den müden Gänger bald hinab,
Wann funkeln durchs Gezweig die Abendsterne.
[/147/]

Dann aber geht und laßt das Grab in Ruh!
Verborgen und vergessen werd' die Stätte!
Efeu und Moos deck' ganz den Hügel zu,
Und nur das wunde Reh find' ihn zum Bette."

Und also ist es geschehen.

ÜBERSICHT DER QUELLEN UND DER LITERATUR:

a) Mündliche Überlieferung alter Leute im Diemeltal, meist über 80 Jahre alt, und zwar in Niedermarsberg, Westheim, Wrexen, Oesdorf, Scherfede und Blanken-rode.
b) Gedruckte Quellen: 1. Kriminalgeschichte Wildschütz Klostermann (Buch unbe-kannten Verfassers). 2. Wibbelt: Ein Büchlein vom Walde. 3. Löns: Auswahl sei-ner Schriften. 4. Heimatbuch des Kreises Büren (Schnettler u. Pagendarm).

– Buchhinweis –

Peter Bürger

Hermann Klostermann

Der populärste Wilddieb Westfalens
und sein Fortleben in literarischen Mythen

ISBN: 978-3-7448-5055-1
(412 Seiten; Paperback; BoD 2018; € 19,90)

edition *leutekirche sauerland* 11

Für die preußischen Behörden war Hermann Klostermann,
der sich vor anderthalb Jahrhunderten im Eggegebirge, Sauerland
und Waldeckischen wie zahlreiche andere Bewohner als Wilddieb
betätigt hat, einfach ein Krimineller.

Nicht wenige Zeitgenossen, vor allem in ärmeren Schichten,
bewunderten ihn hingegen als faszinierende Identifikationsfigur.
Auf scheinbar wunderbare Weise konnte der „Wildschütz" immer
wieder seinen Verfolgern und sogar dem Militär entkommen:
„Er wurde nachgerade zur mythischen Person,
von der man Fabeln über Fabeln erzählte." (Pitaval 1869)

Dieses Buch führt hin zur geschichtlichen Gestalt und erschließt
die literarischen „Klostermann-Bilder" eines ganzen Jahrhunderts.
Das neue Standardwerk zum Thema enthält u.a. Szenenbilder aus
dem Film „Jäger und Gejagter" (Peter Schanz: 2018), ergänzende
Forschungsbeiträge von Hans-Dieter Hibbeln sowie eine umfassende
Dokumentation der historischen und „schöngeistigen" Quellen.

Dank einer so breit angelegten Edition ist die
„Klostermann-Forschung" keine Geheimwissenschaft mehr.

– Buchhinweis –

Peter Bürger (Hg.)

Krieg im Wald

Forstfrevel, Wilddiebe und
tödliche Konflikte in Südwestfalen

ISBN: 978-3-7460-1911-6
(303 Seiten; Paperback; BoD 2018; € 18,90)

edition *leutekirche sauerland* 12

Dieser Band vermittelt einen geschichtlichen Überblick zu Wilderei
und Waldkonflikten in Südwestfalen. Mit „Heimat" verbinden manche
Kreise nur wohlige Gefühle, Harmonie und Zusammenhalt. In Wirklichkeit
ist aber auch die Geschichte der Kleinräume von Verteilungskämpfen
durchzogen. Beim „Krieg im Wald" ging es um Brennholz und Fleisch.
Wildschütz-Abenteuer blieben eher die Ausnahme.

Weil bei Zusammenstößen stets eine Waffe zuhanden war,
mussten immer wieder Menschen ihr Leben lassen. Es gab
auf beiden Seiten der „Waldfront" gefährlichen Gruppenzwang
und Akteure, die keine Skrupel kannten. Meistens jedoch waren
Angst und Panik die Auslöser von tödlichen Schüssen.

Zu den Opfern zählten arme Schlucker oder Forstbedienstete, die zumeist
auch nicht dem Kreis der Privilegierten angehörten. Auf beiden Seiten
wurden Tränen vergossen. Wer den Standort der Menschlichkeit
einnimmt, wird jenseits von einseitigen Parteinahmen
die Perspektive aller Beteiligten würdigen.

Das Buch versammelt Beiträge von Peter Bürger, Werner Neuhaus und Otto
Busdorf (1878-1957), sowie das Selbstzeugnis eines „Förstermörders"
und literarische Zeugnisse über Wilddiebe des Sauerlandes.
Der „Krieg im Wald" wird nicht romantisch verklärt oder moralisiert,
sondern als ein Kapitel der regionalen Sozialgeschichte beleuchtet.

– Buchhinweis –

Peter Bürger (Hg.):

Sauerländische Friedensboten

Friedensarbeiter, Antifaschisten und Märtyrer
des kurkölnischen Sauerlandes: Erster Band.

ISBN: 978-3-7431-2852-1
(524 Seiten; Paperback; BoD 2016; € 15,99)

edition *leutekirche sauerland* 4

Dieser Band zur „Friedenslandschaft Sauerland" erschließt über
20 Biographien von Frauen und Männern, die sich für Frieden
und Menschenrechte eingesetzt haben.

Die Botschaft der nahen Vorbilder lautet:
„Versagt euch den völkischen Hetzern und
der Kriegsmaschinerie! Sagt NEIN!"

Die Geschichten von Mut und Menschlichkeit handeln mehrheitlich
von „katholischen Lebenswegen". Der Umschlag zeigt jedoch
den israelischen Friedensarbeiter Gabriel Stern (1913-1983), der im
Sauerland aufgewachsen ist und ein Mitarbeiter Martin Bubers wurde.

Das Buch vereinigt Arbeiten von Peter Bürger, Dr. Ilse Eberhardt,
Karl Föster (1915-2010), Paul Lauerwald, Werner Neuhaus,
Dr. Wolfgang Regeniter, Dr. Erika Richter, Werner Saure,
Dr. Reinhard J. Voß (Geleitwort) und Joachim Wrede ofm cap.

In mehreren Kapiteln werden außerdem historische
Quellentexte dokumentiert.

– Buchhinweis –

Peter Bürger

Sauerländische Lebenszeugen

Friedensarbeiter, Antifaschisten und Märtyrer
des kurkölnischen Sauerlandes: Zweiter Band.

ISBN: 978-3-7460-9683-4
(488 Seiten; Paperback; BoD 2018; € 15,99)

edition *leutekirche sauerland* 9

„Heimat" ist kein Besitz, sondern Geschenk und ein noch uneingelöstes
Versprechen auf Zukunft hin. Alles entscheidet sich daran, welche
Geschichtserinnerungen, Visionen und Vorbilder
bei diesem Stichwort zum Vorschein kommen.

Im vorliegenden 2. Band über Friedensarbeiter, Antifaschisten
und Märtyrer des kurkölnischen Sauerlandes stehen Christen
im Mittelpunkt, die ihr Lebenszeugnis gegen die Todesreligion des
Nationalsozialismus gestellt haben: Pfarrvikar Otto Günnewich, Angela
Autsch (die Nonne von Auschwitz), Bäckermeister Josef Quinke,
Bauernsohn Carl Lindemann, Landwirtschaftslehrer Dr. Josef Kleinsorge,
Ferdinand von Lüninck, Franziskanerpater Kilian Kirchhof,
Priester Friedrich Karl Petersen und Propstdechant Joseph Bömer.
Ein ergänzender Dokumentarteil mit Nachträgen zum 1. Band ist den
Friedensboten Peter Grebe, Josef Rüther und Franz Stock gewidmet.

Das Haltbare erweist sich in einem weiten Horizont, nicht in Enge:
Sauerländische Lebenszeugen „aktivieren ein universelles Programm
der Menschenwürde und Menschenrechte" (Hans-Josef Vogel).

Norbert Hannappel SAC

Der Gestapo-Angriff
auf das Pallottinerkloster in Olpe

19. Juni 1941: Menschen im Widerstand –
Zeitzeugenberichte und Dokumente.

ISBN-13: 978-3-7460-3040-1)
(380 Seiten; Paperback;
BoD 2017; 15,90 Euro)

edition *leutekirche sauerland* 8

Vom 19.-21. Juni 1941 stellten sich hunderte Bewohnerinnen und Bewohner der Kreisstadt Olpe gegen ein Gestapo-Überfallkommando. Ihre Proteste am örtlichen Pallottiner-Kloster gegen Vertreibung und Beraubung der Ordensleute wurden weit über die Grenzen des Sauerlandes hinaus bekannt und im NS-Machtapparat an höchster Stelle wahrgenommen. In einer klerikal verengten Kirchengeschichtsschreibung ist das mutige Widerstehen von ‚Laien' oft ausgeblendet worden. Dieses Buch zum „Klostersturm" zeigt, wie es anders geht. 1991 befragte P. Norbert Hannappel SAC unter Nutzung eines Tonbandgerätes noch lebende Zeitzeugen – gleichsam „in letzter Minute". Es entstand eine einzigartige Sammlung von Berichten, ergänzt durch Quellen aus dem Ordensarchiv und die Erinnerungen einer resoluten „Laien-Agentin" der Pallottiner.

Die vorliegende Neuedition des Werkes „Menschen im Widerstand" erschließt einen bemerkenswerten Quellenfundus. Sie enthält zahlreiche weitere Dokumente, auch zur amtlichen bzw. „parteiamtlichen" Sicht der Olper Ereignisse von 1941.

Die eindrucksvollste Demonstration gegen die braunen „Feinde Christi" im Sauerland war getragen vom Glaubenssinn der Getauften. Gottlob hat man die Kirchenobrigkeit vorher nicht um Erlaubnis gefragt.